叙事的
胜利

在大众文化时代讲故事

[加拿大] 罗伯特·弗尔福德 — 著
李磊 — 译

Robert Fulford

The Triumph of Narrative:
Storytelling in the Age of Mass Culture

南京大学出版社

The Triumph of Narrative: Storytelling in the Age of Mass Culture
by Robert Fulford
Copyright © 1999 by Robert Fulford and The Canadian Broadcasting Corporation
This edition arranged with House of Anansi Press Inc. through Big Apple Agency, Inc., Labuan, Malaysia.
Simplified Chinese edition copyright © 2020 Shanghai Sanhui Culture and Press Ltd.
Published by Nanjing University Press
All rights reserved.
版权登记号：图字10-2019-382号

图书在版编目（CIP）数据

叙事的胜利：在大众文化时代讲故事 / (加) 罗伯特·弗尔福德著；李磊译. -- 南京：南京大学出版社，2020.7（2021.10重印）
（现代人小丛书）
书名原文: The Triumph of Narrative: Storytelling in the Age of Mass Culture
ISBN 978-7-305-23068-4

Ⅰ.①叙… Ⅱ.①罗…②李… Ⅲ.①演讲—加拿大—现代—选集 Ⅳ.①I711.65

中国版本图书馆CIP数据核字(2020)第046608号

出版发行　南京大学出版社
社　　址　南京市汉口路22号　邮　编　210093
出 版 人　金鑫荣

丛 书 名　现代人小丛书
书　　名　叙事的胜利：在大众文化时代讲故事
著　　者　[加] 罗伯特·弗尔福德
译　　者　李　磊
策 划 人　严搏非
责任编辑　郭艳娟
特约编辑　孔繁尘
装帧设计　COMPUS·道辙

印　　刷　山东临沂新华印刷物流集团有限责任公司
开　　本　787×1092　1/32　印张　7.375　字数　102千
版　　次　2020年7月第1版　2021年10月第3次印刷
ISBN 978-7-305-23068-4
定　　价　45.00元

网　　址　http://www.njupco.com
官方微博　http://weibo.com/njupco
官方微信　njupress
销售热线　（025）83594756

版权所有，侵权必究
凡购买南大版图书，如有印装质量问题，请与所购图书销售部门联系调换

"现代人小丛书"策划人言

20世纪60年代以后,全球资本主义进入消费社会时代,奥威尔在《1984》中预言的"老大哥"的普遍统治并没有出现,但赫胥黎所预言的《美丽新世界》欣然降临,人们生活在感官刺激的消费景观中,自己也欢乐地成为这景观的一部分而不自知。

300年的现代性给人类社会带来巨大进步,许多过去年代不可想象的权利和自由成为人类生活不可或缺的基本内容,但它的问题也伴随着这些进步同时裸露出来,成为这个时代不可摆脱的困惑。

"现代人小丛书"的作者是一群世界一流的知识分子和专家,他们从各个不同的与日常生活紧密相关的领域或问题出发,向公众提供面对后现代社会诸多问题的基本知识和批判性思考。它不是一套传统的公民读本，它讲述的是即便人们已经有了基本政治权和社会经济权，现代社会依旧没有摆脱的工具理性的"铁笼"命运，而生活在其中的人们，当如何面对这些命运。在残缺的人性和不够坚强的道德理性面前，如何坚持对一个好生活的塑造。

这套书是理解今天之现代性的批判性思考，它应该成为今日社会的普遍知识，以帮助每个现代人在今天的充满困惑的生活中保持批判的理性和审慎的乐观，以及，更重要的，保持并回归真正自我的本真。

献给

瑞秋·弗尔福德

和

莎拉·弗尔福德,

还有

亲爱的读者

和

睿智的故事家们。

目 录

001　序言

001　第一讲　流言、文学和自我的虚构

041　第二讲　宏大叙事与历史范式

087　第三讲　街头文学与新闻塑形

131　第四讲　破裂的现代性之镜

169　第五讲　怀旧、骑士精神与梦的循环

214　参考书目

序 言

讲故事，是所有文学艺术之母，任何人只要读书，就肯定偶尔会对故事的持久力量有所揣摩。我自己对讲故事的兴趣并不仅是出于偶然：本书中提出的各种问题都是我多年来一直在关注的核心问题，但直到我第一次把它们汇集到一起时，才意识到这些问题有多么重要。现在看来是很清楚了，这半个多世纪以来，我一直在积累自己对这一宏大主题的思考。

1999年，我被加拿大广播公司（CBC）指定为梅西公民讲座的讲师（Massey lecturer），我由此得到了一个对这种叙事冲动进行详尽研究的机会。梅西公民讲座始于1961年，是为了纪念文森特·梅西（Vincent Massey）而创设，他不仅是第一位出生于加拿大的总督，也是一位重要的艺术赞助人。每年秋天，都会有一位作家、教师或公众人物就其工作中自然生发出的一个主题，进行五场（每场一小时）系列广播演讲。最近几年，文森特·梅西创办的梅西学院（Massey College）与讲师们保持着联系，而阿南西出版社（House of Anansi Press）则负责出版这些讲座。

现在的形式还是传统的——五场独立但相互关联的讲座，每场7500字左右。主题往往很宽泛，如家庭生活的反常状态、技术的意涵，或资本主义在下个世纪的前景等。我和加拿大广播公司及梅西学院讨论了好几种方案，最终我们决定对"讲故事"这个主题进行一次探索。在我看来，文化中的这一关键要素远未得到应有的关注；只因为它如此普遍，我们往往无法仔细思考其本源与意涵。

在我们和他人交流的所有方式中，故事已经确立了自身最舒适、最多功能，或许也是最危险的地位。故事打动了我们所有人，跨越了文化和代际，伴随着人类走过无数个世纪。把事实或事件组合成故事，是我们大多数人在3岁和73岁时都能平等享受的唯一表达和娱乐形式。

序言

故事把我们和自己永远无法认识的那些生活在一两万年前的祖先们联系到了一起。正如对前文字时代的文化研究所表明的，早在人类学会写作之前，讲故事这种形式对社会而言就已至关重要。数百万无名的故事讲述者发明了叙事，当他们发现了如何把自己的观察和知识变成可以传达给别人的故事时，他们也同时开启了文明的历程。

在着手撰写这些讲稿时，我的计划是从几个不同寻常的角度来审视叙事，并尽可能地对其展开更广泛的讨论。我特别想强调那些来自交谈中的，尤其是我们讲述自己和我们认识的人的那些或真或假的故事中不受拘束也不被认可的叙事形式的价值。在我看来，我们可以把自己日常应用于文学的认知工具带入业余的故事讲述中，这是十分有益的。

我在第一章指出了流言的叙事基础，这是一种饱受诟病的艺术形式。本章将流言与精致的虚构相连，探讨了人们在建立自己身份的过程中所捏造的个人历史。从这一叙事食物链的最底层出发，我的第二章将进入一个雄心壮志的竞技场，爱德华·吉本（Edward Gibbon）、H. G. 威尔斯（H. G. Welles）、阿诺德·汤因比（Arnold Toynbee）等人试图用他们的宏大叙事来描绘文明的进程。我自己的专业——新闻学——是第三章的核心主题，其中也探讨了无穷无尽而又令人惊讶的那种被我们称为都市传说的文学形式。我的第四章涉及"不可靠的叙述者"，由弗拉基米尔·纳博科夫（Vladimir Nabokov）和福特·马多克斯·福特（Ford Madox Ford）等作家展开讨论；这一主题将与后现代学术理论并置，彼此互评。最后，在第五章，作为将历史和当下联系起来的一种方式，我将沃尔特·司各特爵士（Sir Walter Scott）的《艾凡赫》（*Ivanhoe*）这条浪漫叙事的活跃长线追溯到了当代大众文化，在此，叙事的重担落到了那些在 20 世纪被创造出来的人物身上，即电影和电视明星。我希望所有这一切都能服务于我的主要意图：用我们都参与其中的叙事，即我们生活中的真实故事，来识别那些连接了或宏大或卑微的公共叙事的意义之线。

我很高兴能记录下自己在写作本书的过程中所欠下的几份大人情。加拿大广播公司《观念》（*Ideas*）系列节目的执行制作人伯尼·卢赫特（Bernie Lucht）

打电话来告知了我一个好消息,即我将担任1999年度梅西公民讲座的讲师;此后他又帮我选择了讲座主题,并研究制定了一个大纲。在写作过程中,《观念》的另一位执行制作人理查德·汉德勒(Richard Handler)是我最出色的引领者、我的良知,也是我的激励者;他还为电台制作了讲座节目。我要感谢阿南西出版社的玛莎·夏普(Martha Sharpe)所提出的深思熟虑的建议,以及珍妮丝·韦弗(Janice Weaver)一丝不苟的文案编辑工作。杰拉丁·谢尔曼(Geraldine Sherman)、莎拉·弗尔福德(Sarah Fulford)和瑞秋·弗尔福德(Rachel Fulford)都阅读了早期的草稿并回馈了宝贵的批评。罗伯特·刘易斯(Robert Lewis)邀请我为《麦克林斯》(*Maclean's*)写一篇文章,这推动了我对这个问题的关注。凯瑟琳·阿什恩伯格(Katherine Ashenburg)、约翰·弗雷泽(John Fraser)和芭芭拉·穆恩(Barbara Moon)给出了敏锐的评论,理查德·兰登(Richard Landon)则提供了一份相当有用的研究报告。非凡的网络管理员玛格丽特·弗尔福德(Margaret Fulford)给我提供了技术支持。贝弗利·斯隆(Beverley Slopen)则一如既往地为我扮演着经纪人和啦啦队队长的双重角色。

罗伯特·弗尔福德
1999年9月于多伦多
robert.fulford@utoronto.ca

第一讲 流言、文学和自我的虚构

TRIUMPH OF NARRATIVE

毫无疑问，叙事始于流言，也就是人和人之间口耳相传的那些简单故事。流言一直是文学的一个民间艺术版本，一种邻里间简化各种事件并探究其意义的方式。与更宏大的故事讲述形式一样，流言表达了我们的担忧和焦虑，给出了道德评判，同时也包含了讽刺和歧义，对此我们只能在一定程度上去理解，就像那些最伟大作家的最严肃的作品一样。而当我们谈论流言时，我们不仅在评判所谈论的那些人，也在评判自己。

流言一直在滋养着文学艺术。小说家玛丽·麦卡锡（Mary McCarthy）在她那篇著名的短文《虚构中的事实》（"The Fact in Fiction"）中指出，即使是最严肃的小说也会采用一种类似流言的语气。在《战争与和平》（*War and Peace*）的第一段中，一个女人恰恰就是以一种流言的风格在谈论拿破仑，她的讲话以"坐下来跟我聊聊"作为结尾，而读者们很清楚这流言还将继续。麦卡锡指出，托尔斯泰、福楼拜、普鲁斯特和其他所有伟大的小说家跟我们讲话时都很像是邻居们在讲述丑闻"你不会相信后来发生了什么"，实际上他们都是这么对我们说的，"等一会儿，我会告诉你的。"麦卡锡暗示,如果一本书丝毫没有沾染"丑闻的气息",那么它很可能不是一本小说。

索尔·贝娄的《赫索格》是美国最近半个世纪以来最重要的著作之一,这一点毋庸置疑。《赫索格》就始于一桩丑闻,[1] 而且无论行文何处,丑闻都与之相随。这并未减损其作为一本小说的声名;按照麦卡锡的说法,丑闻实际上还提升了这本书的价值。但无论如何,这都说明了文学对流言的密切依赖性。

我们可以研究一下已故的美国文学评论家艾尔弗雷德·卡津(Alfred Kazin)所出版的日志里的故事。卡津对文学在社会中的地位极为推崇,但他对流言的兴趣也不亚于任何人。他的日志配以典型的大标题《每时每刻都在燃烧的一生》(*Lifetime Burning in Every Moment*)出版,概述了一起平淡无奇的事件的经过。他展示了一起事件是如何在社会中流变,并灵活地跨越了文学的阶层,在农民的流言和上流社会的世界文

---

[1] 1960 年,索尔·贝娄(Saul Bellow)发现第二任妻子萨莎(Sasha)与自己的好友杰克·路德维格(Jack Ludwig)偷情,他怒不可遏地写信给路德维格,痛斥其虚伪与无耻。不仅如此,贝娄还把他们的故事写进了小说《赫索格》(*Herzog*)。1976 年,索尔·贝娄凭借这部小说获得了诺贝尔文学奖。——译者注(本书注释均为译注,下文不再注明)

学间辗转腾挪。

1964年的一天,卡津在他的日志里用了几句话写到他几年前认识的一个女人。她很迷人,相当自负且自恋,这让卡津感到厌烦而尴尬。他写道:"她太过专注于自己,以至于如果有人提到最近发生的历史性事件,她就会含着一根手指,温柔地说'让我想想,那时我多大了'。"她的注意力为自己所吸引,但或许她的确是在摸索着自己与历史的关联;她的这种习惯可能和我们回忆肯尼迪总统遇刺或第一名宇航员登月时我们自己在哪儿的感觉差不多。她声称自己与历史相连,无论这联系多么渺小。但碰巧的是,当她以这种方式谈论历史事件时,她也在历史中扮演了一个角色,尤其是文学史,正如卡津后来得知的那样。他日志中的这个女人就是亚历山德拉·察巴索芙(Alexandra Tschacbasov),又名萨莎、桑德拉或索德拉。在20世纪50年代,卡津刚认识她时,她是索尔·贝娄的第二任妻子,也是杰克·路德维格的秘密情人,后者是温尼伯市[1]的一名作家和教师。

路德维格是贝娄的亲密好友和热情的崇拜者。这

---

[1] 温尼伯市(Winnipeg),加拿大城市。

段婚外情破坏了他们的友谊,而且几十年来都在影响这对情人、他们的配偶、他们的子女和孙辈,以及他们的朋友和熟人的生活。甚至连我都不免受其影响,因为这四人中除了萨莎以外,其余三人都跟我很熟。

对某些人来说,这一切始于一段丑闻;对另一些人来说,这是一段婚姻生活的悲哀插曲;而对那些在一段舒适的距离之外观看的人来说则是一个经典的淫秽故事。但随着岁月的流逝,这段小小的轶事又增添了几分意味,并缓慢地膨胀起来。最后,它应验了亚里士多德对叙事的描述:叙事中需要"*觉知*",即那些我们所熟知的事物,也需要"*逆转*",即一种命运的转变。[1] 在这一案例中,我们看到了通奸和背叛的情节,在文学或流言中没有比这更为人所熟知的了。而逆转则体现在那个表面上无足轻重的年轻女人身上,她在卡津看来很蠢,实际上却是人们会在未来许多年里不断谈论的故事的一个中心。

与其说这段经历触动了我,不如说是这个**故事**触

---

1 亚里士多德在《诗学》中指出,复杂的情节包括两个很重要的因素,即觉知(recognition)和逆转(reversal)。所谓觉知,是指从无知过渡到认知的状态。逆转,是指事件突然向反方向发生的转变。

动了我。这当中是有区别的。一个故事有形状、轮廓、界限，而经历的边缘是模糊的，且会在不知不觉间与其他相关经历融合到一起。在很多情况下，经历是发生在我们自己身上的事，故事则是发生在别人身上的。经历极其复杂，很难详细叙述。例如，我可以把十几个朋友的第一次失败婚姻描述得比我自己的婚姻还要清晰明了。这是因为我对自己的个人历史了解得太多，缺乏简约所必需的距离。想让故事成为故事，就必须将其简化，去掉不相干的细节和游移不定的感觉。这样看待别人的生活会比较容易，尽管偶尔我们也可能将同样的手法应用到自己的历史之中。

萨莎的故事之所以让我感兴趣，部分是因为我对影射小说[1]非常着迷，其中"真实的"人物会以虚构的形式出现。当我们读到西蒙娜·德·波伏瓦（Simone de Beauvoir）在《名士风流》（*Les Mandarins*）里所描述的战后的巴黎知识分子时，我们明白那个名叫亨利·佩隆（Henri Perron）的角色在某些关键的方面代

---

1 影射小说（roman à clef, novel with a key）以小说形式描述现实，以假名指代真人。其中的关键（key）是指非虚构和虚构之间的关系。它可以由作者独创，也可以使用格言或其他文学技巧来暗示。《赫索格》就是一部影射小说。

表了阿尔贝·加缪（Albert Camus），而罗伯特·杜布吕伊勒（Robert Dubreuilh）则代表了让-保罗·萨特（Jean-Paul Sartre）的一个版本。我们也知道，这两个角色之间的斗争就是加缪和萨特之间真实斗争的虚构重演。当我们读到 D. H. 劳伦斯（D. H. Lawrence）的《恋爱中的女人》（*Women in love*）时，我们就知道那个名叫赫麦妮（Hermione）的让人生厌的角色是以劳伦斯的朋友奥托林·莫雷尔夫人（Lady Ottoline Morrell）为原型的，她读到这本书时非常难堪。阅读一部以这种特质而闻名的小说，我们要学会同时吸收故事讲述中的至少两个层面：第一层毫无疑问是作者创作的故事；第二层则是故事中的故事，即影射情节，以及它所隐含的关于人际关系和文学政治的所有内容。这就是一种转变成了文学的流言。

当索尔·贝娄发现他妻子和朋友之间的关系时，一段影射情节就诞生了。在蒙受羞辱后，他愤怒的回应如此强烈，以至于（如他的传记作者詹姆斯·阿特拉斯所说）为《赫索格》提供了情感上的燃料。他把自己的愤怒倾注到了摩西·赫索格的灵魂之中，赫索格是一名古怪的学者、戴了绿帽的丈夫，正承受着一场紧张的危机所带来的痛苦。贝娄无情地嘲讽了他的前妻和老友,而当他这么做的时候,他对那两个人的愤怒逐渐转移到更为巨大的浪潮之中,他把这部小说变成了对美国社会的一次巡游、对浅薄的现代生活的一次批判,以及对贝娄自己最喜欢的主题的一次沉思——这一主题被赫索格称为"自我和自我发展的沉重负担",一种在没有信仰的时代里加之于个体的负担。

《赫索格》感动了很多读者。该书在 1964 年 9 月出版时,《纽约时报》的评论家们称其为一部杰作。它还登上了《泰晤士报》的畅销书排行榜,并在这份榜单上驻留了一年之久,对一本由知识分子所写的关于知识分子的小说来说,这一成绩是惊人的。这本书作为那段时间最广受赞誉的书籍之一,帮助贝娄走进了几年前随着威廉·福克纳(William Faulkner)和欧内斯特·海明威(Ernest Hemingway)去世而空出的万神殿。贝娄本人将《赫索格》形容为一次人类为自身行为辩护之需求的表达。他说:"抱怨,是伟大的世俗艺术之一……人类有一种想要被公正对待的深层需求。"《赫索格》把抱怨转化成了强有力的小说,并帮助贝娄获得了 1976 年的诺贝尔文学奖。由此，萨莎、索尔和杰克的故事以这些主人公最初所无法预料的方式取得了成功。萨莎与《赫索格》的关联已经在各类书报中被讨论过好多次了，而且无疑还会有更多。关于那个在某一历史性时刻她身处何处以试图博得关注的问题，终于有了一个新的答案：她就在那里，她正在以自己的方式"创造"文学史。

对萨莎的故事，我们每个人都会有各自不同的想法，这可能要取决于我们对通奸、爱情或文学创作的看法。无论如何，我们都会依照自己的原则来看待这些事件——因为故事不可避免地需要伦理上的理解。这世上没有"只是个故事"这回事。一个故事总是充满意义的，否则它就不是一个故事，而仅仅是一些事件的序列。正如社会学家们想象的那样，开创一种价值中立的社会学或许是可能的，但绝没有价值中立的故事这回事。可以肯定的是，如果对一个故事的了解足以让我们来讲述它，那么它对我们来说肯定是有意义的。我们可以像 W. H. 奥登（W. H. Auden）谈论书籍那样来谈论故事——有些故事可能被不公正地遗忘了，但没有一个故事是被不公正地记住的。那些被人记住的故事可不是靠一时兴起的奇想就能留存下来的。如果一个故事在人类意识的浩瀚海洋中游荡了几十年、几个世纪乃至几千年,那么它就已经确立了自己的地位。

这与我所说的叙事的胜利还有一段距离。在我们这个时代,叙事受到了严厉的抨击。那些传统上一直在指引着我们社会的"宏大叙事"[1],从《圣经》到大家公认的那些让英帝国主义和欧洲的统治地位都受益匪浅的故事,已经受到了挑战,而且在很大程度上已经名誉扫地。冷战这种叙事,在过去40多年里塑造了很多人的世界观,如今却已烟消云散。电视上的通俗叙事已逐渐被视为大众的鸦片,就像很久以前对宗教的描述一样。严肃小说的作者在他们的书里引入太过明显的叙事时也会感到神经紧张。然而,人类对叙事是存有依恋的。我们可能不再相信那种想要塑造社会的大尺度叙事,但我们的叙事动力依然存在。出于本书中所提及的种种原因,我们不能没有叙事。

---

[1] 宏大叙事(master narratives)是一种关于历史意义、经验或知识的普世性叙事,在各种话语中占有权威的地位。而后现代主义者则希望以具体的事件和多样化的理论来替代宏大叙事。

故事之所以能留存下来,一方面是因为它让我们想起了哪些事情为我们所知,另一方面也是因为它让我们回忆起哪些事情对我们意义重大。《汉泽尔与格蕾太尔》(*Hansel and Gretel*)让我们想起作为一个孩子的感觉是多么无助。《绿山墙的安妮》(*Anne of Green Gables*)在一个试图否定想象之价值的世界里让我们想起了想象的力量。《哈克贝利·费恩历险记》(*Huckleberry Finn*)提醒我们,个人有责任反抗一个不公正世界的规则。奥威尔的《1984》则让我们想起了20世纪最黑暗的时刻,那时个体精神本身都成了一种罪行;相应的,它也帮我们记起了为什么我们会认为个人主义对我们的生活方式至关重要。

故事,无论价值几何,都可能是既令人费解又引人入胜的。通常来说,即使是最伟大的故事也有可能完不成它为自己设定的任务——这不仅适用于我们祖先所流传下来的民间故事,也同样适用于电影、戏剧和小说。故事一开始在表面上是为了解释某些事情,或澄清某个事件。它们把一个偶然事件翻来覆去,用各种不同的光线去照射它,用某种情绪去围绕它,然后把它放归原处,却仍旧无法对它做出解释。

现代短篇小说之父安东·契诃夫在一个多世纪前的1899年写下了《带小狗的女人》("The Lady with the Dog")。自那以后，这篇小说在世界各地被一遍遍地翻译出版，但没人能断言这篇小说解决了它自身提出的问题——一个冷酷而又喜好滥交的男人发现自己第一次坠入了爱河，然而这爱情阻碍重重，也为时已晚。在结尾处，我们不知道各个角色会做什么，甚至不知道他们应该做什么。在短短几页之中，契诃夫引领着我们走进了一个复杂苦恼的困境核心，然后在那里将我们弃之不顾。

在那些制作电影和电视节目并且想要为大众市场打造小说的人中有一种倾向，就是让每一个故事都能把自己解释清楚，并得出清晰的结论。在叙事中，清晰已被看作一种准则：不要让读者感到困惑。有时一旦打破这一规则，我们就会表示不满。但如果这个规则真的得以应用的话，《约伯记》("Book of Job")这个让人触目惊心的案例恐怕早就从我们的意识里消失了。这个案例无疑具有非同寻常的意义。《约伯记》讲的是一个信仰上帝的有福之人，他与上帝的约定使他遭受了一系列劫难之考验的故事。[1] 它描述了那些我们至今都无法理解的严酷惩罚的理由，这惩罚得到了一个我们没法崇拜的上帝的允许，并由一个我们没法知晓其身份的作者向我们讲述。然而在这故事被记录下来的两千多年后，它仍然伴随着我们；有一些东西使得约伯的可怕故事——连同他的毒疮和被杀的孩子——比西方传统中几乎所有的故事都更具吸引力。这个故事在日常对话中的生命力跟它在《圣经》和文学中的生命力差不多；大家都知道约伯，却记不起约书亚（Joshua）或扫罗（Saul）的任何事迹。所以要怎么解释这个故事的力量呢？

它涉及一种让人类最为痛苦的境况——为专横独断所苦——然而对于那些饱受其苦的人来说，这故事既不能提供安慰，也不能提供理解。但这或许正是它能在我们的集体想象中保持重要地位的原因：它含蓄地告诉我们，上帝、自然界或诸如此类的力量，它们支配生命的方式是不可知的——如果我们想要去理解它们，那就太自以为是了。也许我们回顾《约伯记》

---

[1] 在《约伯记》中，撒旦认为如果剥夺约伯的子女、财产和健康，就能动摇约伯对上帝的信仰，于是上帝便准许撒旦对约伯实施了可怕的惩罚。

就是为了提醒自己,无论我们做什么,我们的命运很可能是由无法理解的力量决定的。

一个对我们很重要的故事,无论是像约伯那样的古老故事,还是像赫索格那样的现代故事,都会成为我们用来包裹真理、希望和恐惧的包袱。故事是我们解释、教导和娱乐自己的办法,也常常是我们能同时做这三件事的办法。它们是事实与感觉的连接点。出于这些原因,它们对文明至关重要——事实上,文明已在我们的头脑中形成了一系列的叙事。

不夸张地说,作为叙事界的专业人士,我的起点很原始。当年还是一名年轻记者的时候,我是用古老的报界规范所规定的那种笨拙而颠倒的方式来撰写新闻的:你必须把所有重要的信息放在第一段,然后在写文章的过程中慢慢减少那些重要事实的数量,到最后你要以一种可悲而又不切题的牢骚结束,最无趣的数据资料要插到最下面,只为了那些坚持看到最后的一小部分读者。

我们记者总是把自己的报刊文章称作"故事"。"你的故事写完了吗?""你的故事什么时候发?"但实际上比起真实的故事来,它们更像是各个办公室之间的备忘录，因为它们缺乏一个故事所需的主要特质：悬念、组织、腔调、情绪、观点。这种被称为倒金字塔[1]的报刊公式出现于 19 世纪，当时电报还不稳定，一篇文章的传输可能在中间的任何地方中断；在 20 世纪的前 75 年里，这种方式确实给编辑们提供了方便，因为他们不得不在排版室里裁剪文章，并且喜欢在底部剪掉几段文字，还要确信自己没有漏掉任何有价值的东西。这给某些草率的读者提供了一种快速汲取事实的办法；但是，它也是一种不可能用于叙事的形式。电报和铅字印刷，以及撰写倒金字塔文章的大多数理由都早已消失，但在许多报纸上，它仍与我们同在。19 世纪文化的这块碎片，挺过了 20 世纪，而且肯定还会延续到 21 世纪。

我刚学会这种格式不久，就开始想方设法绕开它。我的期望是最终能撰写杂志文章和书籍，不过我也开始意识到，在听到一个好故事时，我几乎会产生一种想要讲述它的生理需求。我以一个头脑简单的 20 岁

---

[1] 倒金字塔（inverted pyramid），是指按照新闻事实的重要程度、新鲜程度，以及读者感兴趣的程度等，依次将新闻事实写出的一种叙述形式。其优点在于可快编快删，快速阅读。缺点则在于没有文采和个性。

第一讲 流言、文学和自我的虚构

年轻人的方式，开始思考如何在我的工作中表达这种强烈的冲动。我想用一些文学技巧来写长篇文章，于是开始向那些掌握了这类技巧的记者学习。过了一段时间，我逐渐能在众多记者中辨别出那些天生的或情不自禁的故事家了，他们写下的每一个单词我都没有放过，只要能找到的我都读了。英格兰的丽贝卡·韦斯特（Rebecca West）、加拿大的赫克托·查尔斯沃思（Hector Charlesworth）和美国的 A. J. 利布林（A. J. Liebling）是我认为要予以特别关注的记者中的典范。当开始写评论的时候，我又研究了那些批评家，比如萧伯纳（Bernard Shaw）和埃德蒙·威尔逊（Edmund Wilson），他们把叙事当成了一种讨论复杂的艺术与社会问题的方式。过了一段时间，我意识到要给利顿·斯特莱切（Lytton Strachey）点上一支蜡烛，他 1918 年的文集《维多利亚名人传》（*Eminent Victorians*）成了杂志写作的教科书。人们常说他革新了传记写作的方式，用他对维多利亚时代生活的机敏而尖锐的批评和时常显得滑稽的论述取代了 19 世纪冗长、沉闷和恭敬的传记写作风格。他还向我们中的许多人展示了怎样通过聚焦于叙事素材的敏锐甚至大胆的分析来撰写杂志文章。斯特莱切写《维多利亚名人传》的目标很明确：一扫维多利亚时代某些关键人物在其生活中的虚伪，比如现代护理行业的开创者弗洛伦斯·南丁格尔（Florence Nightingale），以及在英格兰精英私立学校的发展上比其他任何人都更有贡献的托马斯·阿诺德（Thomas Arnold）。斯特莱切的方法是让自己沉浸在他们的生活细节中，选定主题，然后创作出直爽、坦率的文章来评价他们的生活。有时，斯特莱切的叙述会让我们相信托马斯·阿诺德的事业失败了。阿诺德是一个"诚挚的狂热分子，他努力地把自己的学生们打造成基督教绅士"，但他开创了一种制度，这一制度在很大程度上有赖于竞争性和强制性的竞赛、名望，以及一种在学校里由更有权势的男孩们实行的独裁统治。[1] 今天几乎没有年轻的杂志作家会读斯特莱切了，但他们师从的上一两代作家大多是斯特莱切的读者。

在越来越感觉到自己被故事和讲故事吸引时，我隐约意识到了一种不太理性的冲动。我并不是想暗示某种病症或痴迷的状态；但过了一段时间，我开始

---

1 即级长制，一种高年级学生管理低年级学生的制度。该制度不可避免地造成了学生间的倾轧和欺辱。

明白，在我的生活中有一股潜意识流，故事的讲述通过这股潜流感染和影响了我，而我并不总是能控制它的流向。英国记者马尔科姆·马格里奇（Malcolm Muggeridge）讲了一个他自己的故事，借此向我们说明这一点。作为"二战"期间的一名英国间谍，他在里斯本旅行，这是一个中立国（葡萄牙）的首都，英国和德国都在此设有使馆和间谍网。马格里奇是个忠诚的英国人，并不是纳粹崇拜者，但有一天在里斯本，他产生了一种强烈的冲动，想去德国大使馆自首，把他所知道的有关英国间谍部门的一切都说出来。当然，他并没有那么做，但当我读到这段小小的自白时，我马上就明白了，马格里奇写他自己的时候，也是在写我（或许还有其他很多人）。我被他的这个想法鼓舞，也明白他的感觉有多么狂野任性。他就是个讲故事的人，他想讲故事。他知道如果自己去找德国人，那将会制造出一个无休止的复杂故事。在那一时的疯狂之中，他讲故事的欲望似乎比其他所有情感都更为强烈。

这类叙事大多是公开的，比如马格里奇就是在他公开出版的回忆录中讲述了自己间谍生涯中的故事。而私人故事，即对我们自己很重要的那些故事，我们给自己和他人讲述的那些构建了我们的个人历史以及解释了我们是谁的故事，就是另一回事了。这些故事一旦走错了方向，就会让我们陷入可怕的孤立，让我们蒙受羞辱，甚至更糟。它们是我们身份的核心，如果它们辜负了我们，我们就有可能分崩离析。美国小说家保罗·奥斯特（Paul Auster）简明扼要地说道："我们为自己构建了一种叙事，这是我们日复一日都在遵循的主线。那些人格分裂的人，就是丢失了这条主线的人。"正如奥斯特所见，每一个还算健康的男女都有一个故事，以帮助他们创造和维持其人格所必需的完整性。奥斯特的一些小说，比如《玻璃之城》（*City of Glass*）里，一个核心人物的崩溃往往是因为他失去了自己故事的那条主线。精神分析学家埃里克·埃里克松（Erik Erikson）认为，私人故事是人格发展的必需品。在《青年路德》（*Young Man Luther*）一书中，埃里克松写道："成为一个成年人，意味着无论回顾过去还是展望未来，都要以一种连续性的视角来看待自己的生活。"

大多数人都会觉得有必要去描述我们是如何成为自己的。我们想让自己的故事为人所知，希望这些故事是有价值的。如果发现自己没有故事，那就等于承认我们的存在没有意义，这可能会让我们觉得无法忍受。斯坦福大学的夏洛特·林德（Charlotte Linde）在她的著作《人生故事：连贯性的创造》(*Life Stories: The Creation of Coherence*) 中说："人生故事表达了我们的自我意识——我们是谁……以及我们是怎样成为这样一个人的。"她认为这些故事还"将我们的自我意识与他人交流和协商"。

我们可以给林德的话增添另一层意义：当创造故事的时候，当把未经加工的事件变成个人的传奇、寓言、故事和趣闻轶事的时候，我们常常要竭力忍受一种无法逃避的、艰难而又令人困惑的生存现实。讲故事是一种尝试，以处理或至少在一定程度上"包容"那种随意到可怕的生活境况。生活中有很大一部分，有时甚至是最关键的部分，都取决于随机发生的事情，即偶然性。一个女人走过一个拐角，遇到了一个陌生男人，两年后他们结婚了，他们有了几个孩子；但如果那个女人没有在那天走过那个拐角的话，那么20年后那几个长大成人的孩子也就不会存在于人间了。这种明显的随机事件给人类造成的结果可能还会持续数百年甚至数千年,仅仅一个偶遇的瞬间就能将其阴影投射到难以想象的遥远未来。我们可能会怀着好奇去凝视这一事实,也可能会在凝神思考它时感到不安,因为它提醒了我们对自己人生历程的掌控是多么有限。

我们可以选择在所有事物中去寻找一种神圣的目的;或者,如果用其他办法获得了某种程度的宁静的话,那我们也可以简单地接受偶然性就是一个美丽的谜,承认它永远是生活的一部分。又或者,我们可能会拒斥这种偶然性,并以寻找模式、情节和意义的方式取而代之。这就是故事所能提供的。一段关于祖母如何遇见祖父的轶事,可能会在很多年里发展出一篇故事,变成我们家族传说的一个片段。这一路上,它产生了目的和意义,因为我们不忍去设想自己所开辟的这条道路上没有任何有意义的安排。

人类学家克利福德·格尔茨(Clifford Geertz)说人类是一种喜欢"象征化、概念化、寻求意义"的动物。他说,在我们这个物种中,"想要搞清楚经验的意义,并赋予它形式和秩序的动机,显然和我们更熟悉的生物需求一样真实而紧迫"。在格尔茨看来,人是一种"不能生活在一个无法理解的世界中"的有机体。但如果我们所渴望的就是理解,那为什么分析还不够好呢?为什么我们不能直接去"研究"自己的经历,而宁愿按时间顺序去讲述它呢?

答案是相对于分析而言,叙事更有能力模仿现实的演变过程。叙事是有选择性的,虽然可能并不真实,但它能产生一种事件适时发生了的感觉;它就像植根于现实一样。叙事能够胜出的原因还在于它的洞察力,以及它在某些方面对我们的集体想象的支配力:在结合了古老的手法和最新的技术之后,它似乎可以重现我们的生活。

作为一名人类学家,格尔茨解释了叙事在一个尚无文字的社会中是如何发挥作用的。但是我们的文明正在经历一些完全不同的事情,也就是故事叙述对大众所产生的影响。据说上十亿人都看了《海滩救护队》(*Baywatch*)这部电视剧。经过商业加工的叙事使幻想成了几乎所有人生活中的一个很大的组成部分,它将叙事置入了一个新的情境之中,也可能给个人生活带来了一种新的压力。我们自己的故事能和大众媒体制造出的故事竞争吗?所有声名远播或臭名昭著的人都有各自的故事,有的是记者为他们设计的或强加给他们的,有的是聪明的影子写手照他们的吩咐创作出来的。成功能产生叙事,失败也能。如果一个名人染上了毒瘾或酒瘾,这种上瘾及其治疗也可以成为一个充满了痛苦和勇气的故事。如果 J. D. 塞林格(J. D. Salinger)选择不再为出版而写作,并切断自己和大部分人的联系,那么这些否定性的行为本身就变成了故事。大多数名人的故事都是按照传统的设计建构出来的,所以它们都隐含着某种寓意。

这对那些觉得自己没有故事的人有什么影响呢?不断被那些扣人心弦的故事所包围,会不会让我们对自己那些不怎么令人印象深刻的或成或败的故事感到不适呢?我们知道,就在生活快速地产出故事之时,故事也在塑造生活:在菲利普·罗斯(Philip Roth)的曲折而又别出心裁的小说《反生活》(*The Counterlife*)中,他笔下的叙述者谈到"人们把生活变成了一种故事,人们也把故事变成了一种生活"。这个主题为罗斯提供了最好的素材:当我们读他的书时,我们很清楚自己读的是一些关于讲故事的故事。他笔下的主要人物之一——内森·朱克曼(Nathan

Zuckerman)——这个很像罗斯本人的作家讲了很多故事,有时他会承认自己这个纯粹虚构的角色又进一步虚构了他所描述的事件——如此我们就有了虚构中的虚构。在这一点上,朱克曼和罗斯似乎在说,他们和其他人非常相似,都是把过去组织起来,这样就有了可接受的意义——也许我们可以更进一步地说,那就是一种"可承受的"、"可容忍的"意义。

我们可以看到或听到这类事情正在自己周围发生着。我曾经认识一个人,他把自己早年的几段婚姻都描绘成了电影。"那是我第一部电影里的事",他会这么说。这是个笑话,他说的时候笑了,但这是个可悲的笑话,我明白他是想把自己的人生故事打包成一些他认为无害而又易于掌控的片段,就像电影一样。

当对自己的真相感到信心不足时,我们可能会试着改写它,让它更接近我们对自己的期望。有时人们会即兴创作他们生活中的事实,就像一位爵士乐手即兴演奏某位作曲家的歌曲一样。对那些改编了个人过往经历的人来说,给自己添一个牛津的学位看起来总是个不错的主意,甚至还有人说自己花了一年时间在麻风病人中传教,这都属于英国人过去常说的"传奇小说家",一个从事大量的虚构创作的人。与"说谎者"相比,"传奇小说家"是一个更有雅量的词:它承认这类幻想中往往包含着艺术与独创性,而并不一定是出于恶意或贪婪。

20世纪50年代初,加拿大人在战时欧洲的一段英勇事迹引起了纽约《读者文摘》(*Reader's Digest*)的注意。这是一个卡尔加里[1]的商人乔治·杜普雷(George DuPre)的故事,他曾在德占区的法国为英国情报部门做间谍工作,此后与抵抗分子合作期间被捕,并且在遭受盖世太保的酷刑时也没有泄露机密。杜普雷后来奇迹般地逃脱了,到现在他还经常发表公开的演讲,尤其是对青年群体谈论他的经历。他向年轻人传达了一条宗教信息——"要是没有上帝,你就没有勇气。"他对他们说。他声称是自己的信仰赋予了他力量,让他经受住了盖世太保的折磨。

他的故事激发了《读者文摘》的编辑们的想象力。他们把这个故事分配给了昆汀·雷诺兹(Quentin Reynolds),一位著名的美国记者,他在"二战"期间作品颇丰。雷诺兹是一个和蔼可亲而又容易粗心轻

---

1 卡尔加里(Calgary),加拿大西部城市。

信的人，他是那种典型的记者，即对故事的热爱绝不亚于对真相的热爱的记者。一代代玩世不恭的记者们流传下一条古老的规则："绝不要让事实妨碍一篇好故事。"这话可能就是为昆汀·雷诺兹发明的。夸张和不实的话语往往就是通过雷诺兹这类记者的打字机或现在的笔记本电脑进入了公共领域。

杜普雷去了纽约，住到雷诺兹家里，并与其进行了六天的对谈。雷诺兹对此印象深刻，后来他又去了卡尔加里，见了一些认识杜普雷的人。他喜欢且欣赏杜普雷的主题，后来他还强调，杜普雷从未拿自己的经历收取或索要钱财。雷诺兹认为这个故事实在很好，于是把它写成了一本书。1953年，兰登书屋（Random House）将其出版，名为《不肯开口的男人》（*The Man Who Wouldn't Talk*）。不久之后，加拿大皇家空军的一名退伍老兵走进了《卡尔加里先驱报》（*Calgary Herald*）的办公室并告诉编辑们，他和杜普雷曾一起经历过那场战争。他说，杜普雷从未离开过英国，也从未在情报部门服役。这个说法被证明属实。当面对质疑时，杜普雷坦承，他所说的故事都是他根据报纸杂志上读到的材料编造出来的。很显然，这故事已在六年多的讲述中成形了。如他自己所说:"它像滚雪球一样变成了这么大的一个东西,我再也没法控制它了。它现在控制了我。"

出版商贝内特·瑟夫[1]召开了一场新闻发布会,揭露了这一欺诈行为。他要求书商们把《不肯开口的男人》从非虚构类书架转移到虚构类书架上,从而把这件事变成了一个笑话。各家报社都对这个故事抱以同情,瑟夫也在他的回忆录中声称,这本书在内情曝光后反而销量更好了。此后这本书的再版上就多了一篇雷诺兹描述这场骗局的导言,而封面上也多了一条讲述《不肯开口的男人》这场文学大骗局的宣传广告。

据我所知,杜普雷并没有对此事进行说明,但这也不难想象。我们可以猜想他就是一个天生的故事家,他发现自己很容易就能把事实整理成有序的故事,并以此来消遣自己和周围的人。"二战"结束以后,他所处的世界至少看起来到处都是能够讲述各种引人入胜的战时故事的人。当时,"他打了一场好仗"这句话的意思是他带着刺激的冒险故事回家了。也许杜普雷不能忍受自己成为那些没有故事可讲的人中的一员。他

---

[1] 贝内特·瑟夫(Bennett Cerf),兰登书屋创始人。

想要在历史上占有一席之地，而且在某种意义上他的确找到了自己的位置，尽管是在出版史而非战争史上。

一个人因为缺少一个好故事而受挫，这种念头是有些辛酸的。还没有术语能形容这种情况：我们也许可以称之为叙事匮乏，也可以说这个人是个故事贫乏者。一个好故事，对自我价值感来说也许是必不可少的。没有人想体验那种只能靠创造一些自己虚构的故事来应付的失败感——然而一旦发生这种情况，我们就能看到叙事的本能被推向极致。

1999年3月的一周，加拿大各大报纸碰巧都谈到了两个案例，它们都有各自的教益和感人之处。在相对更有名的那个故事里，多伦多蓝鸟队[1]的经理蒂姆·约翰逊（Tim Johnson）因为改写了自己的个人历史而被解雇。很显然，他在将近30年前，也就是越南战争时期就开始这么做了。他的故事和杜普雷的故事很像，也涉及战时的经历和谎言，但这两个故事在功用上是不同的。杜普雷的杜撰旨在让自己获得荣誉和显赫的声名。约翰逊的杜撰则是一个正以自己的能力走向显

---

[1] 多伦多蓝鸟队（Toronto Blue Jays），一支加拿大多伦多市的美国职业棒球大联盟球队。

赫，但又觉得需要一个更好的故事来证实其品格的人的作品。

越南战争期间，约翰逊在海军陆战队预备役度过了好几个冬天，在夏天他则去打棒球。后来他成了一名中士，给其他士兵训练战斗技巧，但因为棒球俱乐部给他安排的一次延期，他躲过了现役。出于一种负罪感（正如他所解释的），他开始编造自己在越南服役的故事。他坚持了多年，1998年成为多伦多蓝鸟队的经理后，他用这些危险和死亡的故事来帮助、激励他自己的球员。也许他早已相信，自己的真实故事不足以给人留下很深的印象，无法使他成为这样人的领袖。因此他彻底改编了自己的故事——然而最后他还是被人抓到了把柄，颜面扫地的同时也给自己的职业生涯带来了灾难性的后果。

当他被《多伦多星报》(*Toronto Star*)曝光时，他说："这是一个和我相伴了28年的阴影。"越南的经历并不是他唯一的虚构故事，出于某种原因，他还在自传中谎称自己曾是全美高中篮球队的球员，而且获得过加州大学的体育奖学金。这一切都发生在1998年的秋天，第二年春天，蓝鸟队就让他走人了。

第一讲 流言、文学和自我的虚构

各家报纸在3月份刊载的另一个案例是有关安大略省政府的一个名叫雪莉·霍基（Shirley Horkey）的公务员所虚构的生活。克里斯蒂·布拉奇福德[1]在《国家邮报》(*National Post*)的一篇引人注目的文章中讲述了这个女人的故事，这个人到中年的办公室职员向同事们展示了一个非常可信的贤妻良母的形象。她经常提起自己的丈夫；她把三个成年女儿的照片摆在桌上；她会跟人讲述自己的家庭生活，比如他们住的大房子和他们的避暑别墅之类的小故事。但所有这一切都是虚构的。她从未结过婚，独自住在一栋联排房屋里，照片中的那些年轻女人都是她的侄女。她以一种更令人满意的模式改写了自己的生活，在工作中，她每天都要为这个富有想象力的结构添砖加瓦，就像维多利亚时代的小说家以分期连载的方式来写书一样。她的故事是一种奇特的民间艺术，而且一直延续到了她生命的最后一刻。她52岁时死于一场火灾，她的同事们直到她去世后见了她的亲戚才知道她的真实情况。那之后他们才发现自己多年来一直在这位朋友所精心炮制的虚构生活作品中扮演了一些无足轻重的小

---

[1] 克里斯蒂·布拉奇福德（Christie Blatchford），加拿大记者、专栏作家。

角色。

加拿大军人杜普雷、美国棒球队经理约翰逊和公务员霍基的故事,至少在外界看来,都很像是一些想要和不舒服的生活达成妥协的扭曲的尝试,他们想以这种方式把现实包裹进令人愉悦的谎言毛毯中,好让现实变得更容易忍受。

但有时,那些虚构自己生活细节的人的动机是很难理解的。要是有一个人过着富有而有吸引力的生活,但又想把它改编得听起来更富有、更有吸引力呢?在现代思想史上,哈罗德·拉斯基(Harold Laski)就是这样一个惊人的案例。他是一名作家和理论家,在伦敦政治经济学院(London School of Economics)做了25年的政治学教授,在20世纪40年代担任英国工党主席,还是民主社会主义理论最主要的创建者之一,但他也是一个——宏大的甚至可以说是巴洛克规模的——"传奇小说家"。美国文学评论家埃德蒙·威尔逊在一篇论述拉斯基与美国杰出的大法官奥利弗·温德尔·霍姆斯(Oliver Wendell Holmes)往来信件的文章中提到了他。威尔逊是这么写的:

第一讲 流言、文学和自我的虚构

> 关于哈罗德·拉斯基的大丑闻,也就是他肆无忌惮地渲染虚构的习惯,让他所有的朋友都感到遗憾,有时他的敌人也会利用这点来对付他。他会随意虚构一些故事,这些故事往往没有任何事实根据,比如他不认识的人,他会声称见过此人并曾与之交谈;与此类似的还有他没有取得过的功绩、从未发生过的场景,以及他从未读过的书。

正如威尔逊所指出的,拉斯基认识很多显赫的知名人士,其作品也得到了广泛阅读。但在他的信中,他会声称自己见过更多的贤达,并且读过比实际情况更多的书。在一封写给霍姆斯的很具代表性的信中,他描述了一次德国之行,说自己在那次旅行中遇到了一位杰出的学者,然而很不凑巧,实际上这位学者三年前就去世了。他还描述了自己跟某人的一场网球比赛,实际上此人当时正在另一个国家,然后他还说自己赢了。他一度说自己读过托马斯·哈代(Thomas Hardy)的所有作品,而几年之后他又提到自己是第一次读到哈代的某本书。但这种倾向显然从未影响到他出版的作品或教学工作。

该怎么解释这种情况？埃德蒙·威尔逊说："他与现实的关系中总是有一些不太合理的东西。……在某种意义上，拉斯基生活在一个梦里——一个真实资料所构成的梦，一个由对历史的真实把握所支撑的梦……尽管如此，这个梦并没有完全正确地处理好自身与生活的关系。"

也许拉斯基这种类型并不是那么罕见。我们往往会和自己所意识到的现实进行谈判。我们同意接受这一现实，承认它的一部分（但绝不是全部）。如果我们接受得太多，对它谈论得太多，那我们的不适感很可能会上升到我们自己都受不了的程度，而别人也会发现我们坦率得让他们难以容忍。如果接受得太少，那我们就会转向那些会削弱我们的，或者至少会让我们感到难堪的幻想。哈罗德·拉斯基的幻想，可以被看作这个错综复杂的谈判过程中的一个故障；他可能并不是一个罕见的例外，而只是众多类似案例中的一员，他的虚构和杜撰之所以为人所知，是因为他的生活被详细地记录了下来。

我们听到的各种改头换面的例子通常都涉及名人

或死者：拉斯基在我讲的这个故事公开之前就已经去世了，而在那位多伦多市公务员的生活中，只有少数人猜到了她的秘密。但是，在故事讲述者的有生之年里，我们也经常会发现一种自我的独特虚构。自20世纪70年代以来，各类医学期刊一直在发表有关孟乔森综合征（Munchausen's Syndrome）的文章。孟乔森综合征是一种心理病症，它会导致患者假装生病并反复求医，除了想要成为关注的中心之外，这种病症的发生显然没有其他原因。当患者最终确信某位医生无法发现任何问题时，他通常会去找另一位医生或另一家医院。还有一种与之相关的代理型孟乔森综合征[1]，它会导致父母故意在子女身上引发疾病，原因显然和前者一样。这也是一种有悖常理的伪装个人状况的工具性叙事。

在一个没那么严重的层面上，许多雇佣专业人士的人近来都注意到了一件事——编造资格证书和个人简历的流行病。而外星人绑架现象的出现，在很大程度上也要归因于这种想把自己的生活打造成充满意义

---

[1] 代理型孟乔森综合征（Munchausen Syndrome by Proxy）的患者会伤害他人，让他人替代自己成为病患角色，并以此获得关注和医疗介入。

与刺激的故事的需求。这是不是也可以解释为什么那些被记者们当成事实创作出来的虚构故事会层出不穷呢?在包括《新共和》(*New Republic*)在内的那些声誉良好的出版物上,都有相当有才能的记者被发现捏造了一些事件,并将其冒充成真实的报道。能否把这些人也看成是一些失控的故事癖的范例呢?

在任何一个由虚构的浪漫主义骗局构成的陈列室里,格雷·奥尔(Grey Owl)都应拥有一席之地。只要这种24小时全天候致力于欺诈的想法还能继续让我们着迷的话,他的故事就会被一再讲述。最近由理查德·阿滕伯勒(Richard Attenborough)执导,皮尔斯·布鲁斯南担当片名角色的电影《灰色夜枭》(*Grey Owl*)就针对这个问题进行了一次探索。在20世纪30年代,格雷·奥尔是当时活着的北美印第安人中最为知名的,他是一名广受欢迎的作家和讲师、林地保护运动的伟大倡导者,以及报社及其读者都极感兴趣的话题人物。但毫无疑问,他根本就不是一个印第安人。

他是英格兰白人,1888年出生于黑斯廷斯(Hastings),本名阿奇·贝兰尼(Archie Belaney)。这是个从没见过自己父亲的男孩,而且似乎和他母亲也没有多少联系,他是被两个未婚的姨妈抚养长大的,那段时光也谈不上快乐。他曾梦到过加拿大的"红种印第安人";他曾在自家后院搭了一个印第安帐篷;他曾为自己的朋友表演过战舞;他曾默默地在树林中练习爬行;在11岁时,他看了"水牛比尔·科迪"(Buffalo Bill Cody)在欧洲巡回上演的西大荒演出[1]。他在18岁时去了加拿大,然后慢慢把自己的幻想变得越来越酷似现实。

他自称是阿帕奇人[2]和苏格兰人生的孩子;他把头发染成了令人信服的黑色,把皮肤也晒黑了;他穿着带流苏的皮夹克,住在加拿大的奥吉布瓦部落(Ojibwa)。他本能地知道哪一类土著能吸引白人,他据此创造了自己的个性。此后他的名气与日俱增,以至于在白金汉宫受到了国王乔治六世(King George VI)及两位年轻的公主伊丽莎白(Elizabeth)和玛格丽特·罗斯(Margaret Rose)的私下接见。

---

[1] 西大荒演出(Wild West Show),现代牛仔骑术竞技的前身,由绰号"水牛比尔"的印第安人科迪创始于1883年。演出会使用野牛、麋、熊、驼鹿、鹿等动物;内容有印第安人的战舞和袭击长途马车等。此后他们去英格兰和欧洲大陆巡演,红极一时。
[2] 阿帕奇人(Apache),北美西南部印第安人。

最后，他违反了所有可以想象的礼仪，拍了拍惊讶的国王的肩膀，说："再见，老兄，后会有期。"就像所有最在行的骗子一样，他知道在做出出格举动后该怎样逃避责难。

他看起来几乎让自己都深信不疑了——或许我们可以从我曾听过的一个关于他的故事中得出一些推论，这个故事是已故的约翰·格雷（John Gray）转述给我的，在20世纪40年代至70年代，他是多伦多麦克米伦出版社（MacMillan）的负责人。

在20世纪30年代，麦克米伦出版社的年轻推销员约翰·格雷被指派陪同该社作者之一的格雷·奥尔前往多伦多爱德华国王酒店参加一场以他的名义举办的晚宴。当他们走向酒店电梯的时候，几个坐在啤酒屋门口的醉汉注意到了他们。其中一人向外望去，说："嘿，酋长，你家的老巫婆呢？"格雷·奥尔怒气冲冲地转过身去，伸手要拿腰带上的佩刀，那条腰带连同鹿皮流苏都是他的奥吉布瓦部落服装的一部分。我的朋友约翰抢先一步走到格雷·奥尔身前，劝他不要理会那些白痴。但当他们俩继续走向电梯时，格雷·奥尔以绝对令人信服的愤怒语气说道："看到是怎么回事了吧？在这个国家我什么都不是，就是个该死的印第安人。"这段小插曲就是一场种族冲突的戏剧化场景，偏执的醉汉扮演偏执的醉汉，自由派的年轻推销员扮演自由派的年轻推销员，还有一个英国人在扮演加拿大土著。然而这当中只有一个人知道这是一出戏。

30年后，约翰·格雷告诉我这个故事的时候摇了摇头，他对此既感到好笑又觉得诧异。当时他丝毫都没有怀疑过格雷·奥尔的种族身份，回想起来，他甚至也没有怀疑过这个男人的情感力量。格雷·奥尔的故事尽管实际上是个谎言，却依然给人留下了深刻印象，甚至到现在还有人指出，他协力开创了那个时代的自然资源保护运动。格雷·奥尔活着的时候，只有少数人知道他的真相，世界上大多数人直到1938年他死后才知道他是谁。在某种意义上可以说，他完成了一项绝对成功的自我发明。从阿奇·贝兰尼的角度来看，《灰色夜枭》的故事最终成了一个结局圆满的自我虚构故事。

第二讲 宏大叙事与历史范式

半个世纪前,《时代周刊》是全世界最有影响力的杂志,而对《时代周刊》来说最重要的就是每周出现在它封面上的那张面孔了。要成为绝对的权威,没有任何大众媒体的影响力能比得上《时代周刊》的封面,而且以后也再没有像那样的东西了。出现在那上面的人很自然地会被认为是极其重要的,而且很可能是伟大的人物。像诗人 T. S. 艾略特(T. S. Eliot)或建筑师路德维希·密斯·凡·德·罗(Ludwig Mies Van Der Rohe)这样的人,当他们还是知识分子的时候,《时代周刊》将他们从曲高和寡的泥沼里拔擢出来,然后又把他们扔进了流行文化的湍流之中。据说有些人登上《时代周刊》封面以后就再也不一样了。这种说法对阿诺德·汤因比来说无疑是准确的,他是一名曾打算解释整个人类历史意义的英国学者。汤因比的脸登上了 1947 年 3 月 17 日的《时代周刊》封面,然后他很快——至少在好几年的公众想象中——不仅成了一名极为重要的历史学家,还成了一位无可争议的伟人。

在阿诺德·汤因比这个案例中,我们可以学到很多关于历史和历史学家的知识。他写下了许多文明的崛起与衰落的故事，同时也亲身演绎了一个思想家的崛起与衰落的故事。他的生活和工作在很大程度上道出了我们在书写历史和阅读历史时想要寻找的东西。

汤因比通过研究过去的各个文明，似乎为人类已取得的成就和未来可能的走向找到了一个解释。他简直打算解释人类整体生活的意义。这相当于一种智力上的魔法，一种神奇的炼金术，但对那些博学多才的历史学家们来说似乎是可行的。汤因比写出了一部"宏大叙事"[1]，这本历史著作挖掘了成千上万的史实，并将它们融入了一个有意义的范式之中，然后从中汲取人类行为的教训。从18世纪至今，这一直都是叙事的主要功能之一：讲述那些能够启发和教导我们所有人的伟大而恢宏的故事。

多年前，当我第一次听到"宏大叙事"这个词的时候，它让我想起了自己的生活和爵士乐的历史。如果不算文学的话，爵士乐就是最早感动了我的艺术形式。我在青春期早期发现了它的存在之后，很快就开始去了解它的故事。就像孩子们特别钟爱童话故事一样，热爱爵士乐的人也都喜欢听这个故事——爵士乐

---

[1] 指《历史研究》(*A Study of History*)。

是如何在20世纪的头几年创始于新奥尔良，又随着密西西比河上的渡轮向北迁徙，最终到达芝加哥，并在纽约续写其辉煌的；像路易斯·阿姆斯特朗（Louis Armstrong）和西德尼·贝切特（Sidney Bechet）这样的音乐家是如何在新奥尔良发展他们的艺术成就的；中西部的其他人，如比克斯·贝德贝克（Bix Beiderbecke）和本尼·古德曼（Benny Goodman）是如何向前者学习并使之流行起来的；在20世纪40年代，迪兹·吉莱斯皮（Dizzy Gillespie）和查理·帕克（Charlie Parker）又是如何把它发展成一种我们称为"比波普"[1]的紧张的艺术音乐的。这种简单的叙述提供了一种方法，即将这些音乐融入历史和地理之中来识别它们具体的形式和风格。但对我们很多人来说还不止于此，它同时也是一种着手学习传统、革新、堕落、复兴以及许多其他历史主题的方式。对我来说，这就是一个通往那远远超出音乐世界的出口；通过类比，我发现可以把这些范式应用到很多其他的领域。

---

1 比波普（Bebop），一种始于20世纪40年代的爵士乐类型，在当时看来极富革命性。比波普乐队的节奏敏锐且灵活多变。比波普音乐家喜欢在复杂的和声的基础上即兴演奏。有些比波普演奏中所体现出来的和声经常会"走调"，这些旋律有意与原有和声冲撞，以达到一种紧张的效果。

爵士乐的故事也让我明白了一些宏大叙事自身的问题：它们往往在一些很重要的方面是错误的。爵士乐的宏大叙事过于笼统了。它以歪曲事实的方式对事件进行压缩，并忽略了一些关键要素，包括爵士乐发展起来的那些城市。它低估了某些音乐家的价值，因为他们不能融入那种迅速为大家所接受的框架。爵士乐的历史既展现了对宏大叙事的运用，也展现了对它的误用：至少在我看来，它解释了一种对结构化理解的需求，但与此同时，它也生动地说明了这种思维方式中不可避免的缺陷。这一切都发生在我的青春期。自那以后，我又看到其他人在以同样的方式学习各种不同的宏大叙事，其中大多数的影响更为深远——比如民主的历史、女权主义、艺术、基督教。

宏大叙事在言说时总是怀有一种对不可改变和不容置疑的真理的自信——但矛盾的是，它始终都处在一个被更改的过程中。西方文明的主导性叙事《圣经》如此；19世纪出现的最重要的宏大叙事，即卡尔·马克思强加于历史之上的空想结构如此；弗洛伊德主义的心理学——将自身标榜为一种能最终解答或至少能处理所有人格问题的叙事——也是如此。让我们觉得

第二讲 宏大叙事与历史范式

可信而有说服力的宏大叙事在很重要的一个方面是不同于其他故事的:它会吞噬我们。它不是一出我们可以观赏的戏,或一幅我们可以观看的画,或一座我们可以参观的城市。一部宏大叙事就是一处居所,一个我们打算住进去的地方。

阿诺德·汤因比一生的核心计划是异常宏伟的,但在某些方面,这计划与其他雄心勃勃的历史学家的目标也极为相似,比如爱德华·吉本、托马斯·巴宾顿·麦考莱(Thomas Babington Macaulay)、弗朗西斯·帕克曼(Francis Parkman)、唐纳德·克莱顿(Donald Creighton)、H. G. 威尔斯和奥斯瓦尔德·斯宾格勒(Oswald Spengler)。他们想要去"观看它的全貌",无论"它"是吉本所指的罗马帝国的衰亡,麦考莱所指的17世纪的英国,帕克曼所指的英法两国对北美洲的争夺,克莱顿所指的加拿大自治领(Dominion of Canada)的创建,威尔斯所指的人类进程在整体上的广度,或是斯宾格勒所指的西方文明不可避免的没落。

这些作者自我选择的设想是要建立巨大的叙事背景,并将其意义赋予特定事件,从而向读者们展示我们自己的社会是如何融入历史的。他们的失败尝试往往比他们所能完成的要多，在今天阅读他们的作品时，我们可能会对他们的设想一笑置之。然而在这些宏大的历史中也有一些动人的、感人的东西，试图将一种叙事打造得如此有力，以至于可以用它来解释历史的广度，乃至预测未来。这些大师级的历史学家对历史进行了分类、权衡、比较和分析：他们让历史变得如此具有说服力，以至于其中的某些故事有时会变成一种社会或阶级的支配性神话。

道德哲学家阿拉斯代尔·麦金太尔（Alasdair MacIntyre）在其著作《追寻美德》（After Virtue）中说，人类通过有意无意地提及他们所听过的故事来引发他们辨别事物重要性以及应该如何行动的感觉。麦金太尔说："我只有首先能回答'在哪个故事或哪些故事里，我能发现自己是其中的一部分？'这个问题，我才能回答'我该做什么？'这个问题。"儿童是在学习故事的过程中长大成人的，各个国家和共同体也是如此。麦金太尔说："要是剥夺了孩子们的故事，你会让他们在言语和行为上都变得像是没有剧本的焦虑的结巴……如果不储备一些能构成社会最初的戏剧性资源的故事，我们就无法对任何社会产生认知，包括我们

第二讲 宏大叙事与历史范式

自己的社会。"《小飞侠彼得·潘》(*Peter Pan*)这部 J. M. 巴里(J. M. Barrie)笔下令人感伤的幻想作品,读起来很像是麦金太尔观点的一个例证。彼得形容自己是一个迷失的男孩,没人跟他讲过故事;这就是为什么他不能像其他人那样长大,或像其他人那样栖居于自己的故事里。他没法长大成人,因为他缺乏叙事素材。有一次,他告诉温迪(Wendy):"我一个故事也没听过。迷失的男孩子们都没听过任何故事。"温迪回答说:"这太可怕了。"[1]

这就是孩子们的命运,被征召到一个不是他们所写但又必须参演的戏剧之中。正如麦金太尔所解释的那样,他们学习这戏剧的形态和本质的方式,不仅是去听和读他们自己的家庭和社会的故事,而且还要去了解那些善良却误入歧途的国王们、被遗弃的孩子们、违抗父命嫁给梦中情郎的女儿们、未获遗产因而必须独闯天涯的幼子们、把遗产浪费在放荡生活中的长子们,以及贯串童年文学的所有其他主题。同样,各个

---

[1] 彼得·潘是永无岛上永远也长不大的调皮小孩,他和小仙子丁克铃,以及一群迷失的小男孩一起生活在这个岛上。他们都很想要听故事,于是就请来了温迪这个擅长讲故事的女孩来为他们讲故事。

社会也都是通过汲取与自身相关的历史来演绎各自的生活故事。

每个社会都会发展出一种它经常提及的宏大叙事，尤其在一些危机时刻。在我们所处的时代，包括加拿大和美国在内的若干西方国家，都把第二次世界大战这个能用于我们所有人的正当性和道德确定性的唯一可靠的来源当作一种宏大叙事。与这场战争有关的事件和个人为我们提供了先例和类比。英国和法国在1938年的慕尼黑会议上把捷克斯洛伐克的大部分地区割让给了希特勒，使得这60年来"慕尼黑"（Munich）一词在我们的语言中变成了一种弄巧成拙的绥靖政策的缩写：这个词包含着一个带有道德寓意的故事。当布什总统对伊拉克发动战争时，他曾将萨达姆·侯赛因与希特勒相提并论——因为布什很清楚希特勒在历史上扮演的角色几乎人尽皆知。出于同样的原因，克林顿总统也曾将南斯拉夫的暴行与纳粹对犹太人犯下的大屠杀罪行相提并论。这些类比说到底是不精确的，但之所以使用它们，是因为这些故事——也就是我们父母或祖父母那辈人的宏大叙事——仍寓居于我们自己处理国与国之间关系的情感之下。

第二讲 宏大叙事与历史范式

近几十年来,这种宏大叙事的观念受到了深切质疑。现在我们谈到那些在过去发展起来的宏大叙事时,往往会更多地留意它们的缺陷而非优势。知识分子的生活似乎是由两种支配性的冲动决定的,每一种都主导着一套态度。有一种冲动让我们把所有知识都进行组织、分类和打包。另一种则鼓励我们去证明这种组织没有做好,分类选择不当,打包很蠢,而且不公平。宏大叙事的批评者现在比他朋友们的声调要大得多,数量也多得多,那些批评者们坚持认为这种宽泛而彻底的历史形式忽视了或边缘化了很多人,把注意力都聚焦于几个核心人物身上,而不太强大的要素则被排除在外。例如,一种关于大英帝国的老式叙述,通常会从伦敦的视角来看待帝国,而将海外人口视为次要因素,就像吉本一样,他在书写罗马帝国的历史时就认为其他社会的重要性主要在于它们影响罗马的方式,而不在于它们本身有多大的价值。在隐喻的意义上说,从一种宏大叙事的角度出发的历史学家似乎在发挥着帝国代理人的作用,并以之维持着帝国作为世界中心的自我形象。

1992年,对宏大叙事的批判达到了高潮,这一年也是传统上被历史学家们视为最重大的事件——文艺复兴的五百周年。一直到大约 20 年前，大多数欧洲人的后裔（还有很多其他人）似乎都还相信，这一历史转折点可以用三个词来精准地概括，虽然并不完备"哥伦布 – 发现 – 美洲"。但在 1992 年之前的十多年里，一些学者及其他人把这句话显而易见的地位变得越来越可疑。哥伦布并没有发现美洲，因为早已有很多人生活在这几片大陆之上了。"发现"这个动词揭示了一种欧洲中心主义和帝国主义的思维习惯；重复这种错误只会增加在哥伦布的时代前就已经生活在美洲的那些人的不满。因此，在 1992 年，与哥伦布有关的一切言行都笼罩在一种冒犯他人的紧张焦虑之中。这场论争说明了一个事实：我们是以自己目前感到满意和舒适的方式来建构历史的，哪怕所争论的事件发生在五个世纪之前。以哥伦布为中心的宏大叙事之所以会瓦解，是因为它那种简单的概述不再让我们感到真实或满意——同时也是因为这些概述让我们感到局促不安。

学院派的历史学家们则站在更专业的立场上来批评宏大叙事，因为那些书写宏大叙事的人往往只把事实当成支撑其理论的道具,从而陷入了曲解和错误之中。在20世纪的大部分时间里,大学的历史系都不鼓励宏大叙事。从20世纪40年代开始,法国的年鉴学派声名鹊起,他们的理论认为日常生活的细节比各类重大事件更值得历史学家们全情投入。社会史很快开始在各个院系流行起来,很多历史学家都把摈弃所有形式的叙事视为一种骄傲。历史科目所涵盖的主题从权力中心转移到了边缘。历史学家们把他们的注意力从强者转向了弱者,因此,近几十年来典型的学院派历史学家写的不是内阁政府、战争或宪法的制定,而是中世纪的自杀、19世纪的契约劳工、近代早期的法国精神病院,以及文艺复兴时期意大利的一位和修女产生过恋情的女修道院院长。我的一个教历史学的朋友曾说,她的研究生们最想写的是妓女和女巫,不幸的是,在许多时期,关于这两个主题的文献资料都几近于零。

一些历史学家极力反对叙事,他们会借用社会科学的统计方法来分析诸如受洗记录和入伍表格之类的海量数据;他们给自己的方法取了个名字叫"计量历史学"(cliometrics),这个词把历史女神的名字克利欧（Clio）和一个度量术语（metric）结合到了一起。尼尔·弗格森（Niall Ferguson）是一位被讨论颇多的英国历史学家，也是《战争的悲悯》(*The Pity of War*)一书的作者，他并不是计量历史学家，但他坚决反对那种把历史看成是故事的习惯。他说，一个故事，就是在暗示事情必定会以他们所料想的那样去发展。故事无法让我们理解最终的结果并非预先注定。他认为如果我们试着去理解人们是如何在各自所经历的历史事件中生活的，那我们会学到更多东西。对他们来说，未来是一种带有偶然性、意外和惊喜的事物——这些全都是人类事务中的关键因素，但当我们把事件组合成故事时，我们就会忘了这些因素。当拿破仑向俄国宣战时，双方的很多人都相信他会赢；但在我们讲述这个故事时，他好像不可避免地成了一个输家。

反对叙事和宏大叙事的论点的确非常有说服力，但即便如此，教育似乎仍然要依赖于叙事。在传统上，我们以这种方式看待过去是有原因的。叙事通过模仿我们自己的生活经历，提供了一种在情感和知识层面上理解过去事件的方法。

我们经常会听到一些研究，表明年轻人对自己国家或世界历史的了解少得可怜。那些分析这个问题的人有时会把历史故事的日薄西山视为无知的一个主要原因。杰出的加拿大历史学家 J. L. 格拉纳茨坦（J. L. Granatstein）说"加拿大的过往已经迷失了"，知识精英们已经抛弃了国史（national history），转而投身于狭窄的专业领域。格拉纳茨坦说："性别研究、劳工研究、女性史、区域和本地史——都在教，也都应该教。但国史也应该教，我们可以将其定义为政治的、军事的、外交的、政府治理的以及政策的历史。"他声称，国史在一些大学里已经完全消失，而在其他大学里也只是勉强地跛足前行。

在加拿大，我们常以为这是我们特有的问题；事实上，很多地方都出现了类似的情况。几年前的一项调查发现，1/3 的英国儿童无法认出温斯顿·丘吉尔。最近有一项对 22000 名美国儿童进行的调查，显示 60% 的儿童对美国是如何建立起来的这个问题，甚至连一个大概的想法也说不出来。作为回应，《哈泼斯》杂志（*Harper's* magazine）的编辑刘易斯·拉帕姆（Lewis Lapham）写道："这些学校已经失去了美国叙事的线索。"他指出，如果没有这种叙事，美国就无法永久地维持民主政府。拉帕姆认为,美国人比其他大多数人都更需要他们的历史,因为美国不是建立在种族基础上的,而是建立在一系列只有在历史背景下才能理解的主张之上的。拉帕姆说:"历史只有在叙事中才能得以理解,但现在叙事违反了大学的规则。"他认为原因在于叙事是危险的。你要是讲一个故事,就不可避免地要做出一些评断,而评断会造成很多麻烦——这一点我们可以通过研究吉本、麦考莱、帕克曼或克莱顿这四位叙事型历史学家来予以确认,他们的作品都饱受争议。拉帕姆声称,考虑到人们对讲故事所存的偏见,他对有人在这种情况下还能学到任何东西感到惊诧不已。当然,他的说法有些夸大了,但这是因为随便一个人都可以质疑他真正相信的东西——讲故事的价值。这让他深感冒犯。

阿诺德·汤因比永远不会承认自己是个讲故事的人,但故事在他实现人生抱负的过程中扮演了一个很重要的角色。作为一个年轻人,他渴望在大历史学家的行列中占有一席之地。1911年,他在牛津大学学习时曾写信给一个朋友:"说到抱负的话,拿一个让人尖叫的A,我已经相当得心应手了。我想成为一个伟大的历史学家。"大约8年后,他开始明白自己要怎么做才能成为一个这样的人。在对第一次世界大战这一巨大悲剧的思考之中,他认为自己注意到了一些很重要的事情。正如他所说:"各种伟大的文明……只要我们公正地去分析,可能都会显露出同样的情节。""情节"是这当中的关键词,一种叙事结构的形式。要是你研究所有重要的文明,去寻找它们发展中的相似之处,会有怎样的收获?你会不会发现所有的历史都有一种可理解的范式?这条文明的情节主线构成了汤因比伟大探索的路径。他把自己的主要著作称为《历史研究》(*A Study of History*),并出版了12卷,第一卷出版于1934年,最后一卷出版于1961年。他描绘了21种独特文明的成长、发展和衰落;他认为一个社会的兴旺取决于它是否具备成功应对挑战的能力;他暗示我们需要某种形式的世界政府;他声称开创出一种宗教是一个社会的核心任务之一。当他写到中国、伊斯兰和印度社会时,它们看起来极其相似。很快,世界各地的人们都发现自己在用汤因比风格的术语"挑战与应对"来分析各种社会问题。汤因比在一封私人信件中写道,他正在构筑"一个具有历史意义和生活意义的神话"。

这反映出了一种非常高傲的自我认知,汤因比的虚荣心已经发展到与他的雄心壮志并驾齐驱的程度。在一首生前没有发表的诗作中,他把自己和修昔底德、但丁及耶稣·基督相提并论。他觉得自己写书是受到了某种感召,召唤他去完成"为历史赋予意义的工作"。

1947年,《时代周刊》的封面把他塑造成了一名先知和预言家。与此同时,他著作的前6卷被缩减成一卷本的节略版在纽约出版。后来因指认阿尔杰·希斯(Alger Hiss)为苏联间谍而出名的记者惠特克·钱伯斯(Whittaker Chambers)撰写了这期《时代周刊》的封面故事。他甚至在其中暗示汤因比正在取代卡尔·马克思成为历史和未来的最佳向导。钱伯斯写道,大多数美国人都不知道历史中存在的危机,而汤因比就是能为他们讲述的人。汤因比相信,西方文明自宗教改革以来就一直处于危机之中,它需要一种坚定而富有预见性的领导风格,这与《时代周刊》及其主编亨利·卢斯(Henry Luce)用来激励美国人民的领导风格别无二致。《时代周刊》展现了汤因比"作为行动之号召的历史愿景——美国人行动起来吧,接受保

第二讲 宏大叙事与历史范式

卫文明的挑战"。

节略版的《历史研究》成了一本畅销书，作为最难啃的书之一，它让成千上万的人突然感觉自己不能不去买一本。该书在当年就售出了 13 万本精装本，此后又陆续售出了 85000 本。汤因比像巨人一样高踞于理念世界。在日本，他成了规模相当大的一群狂热崇拜者的中心。他的成功自然引起了历史学家们的密切关注，而且通常不是什么友好的关注。其中很多人都认为在他们这个独特行当里，汤因比在事实或事实解读上错漏百出。正如他的传记作者后来说的那样："批评和贬低的逆流……开始蚕食他的声誉。"到 20 世纪 50 年代末，认为他动辄在细节上出错，或很可能整体上都错了的说法已经成了老生常谈。这个打算解释一切的人现在看来是什么也没有解释出来。他的《历史研究》甚至在最后一卷出版之前就被普遍认为已经过时了。今天，虽然他的一些书仍有刊印，但阅读或引用他的人已寥寥无几。

1989 年，在汤因比去世 14 年后，英国历史学家休·特雷弗-罗珀（Hugh Trevor-Roper）说汤因比的理论如今就像渡渡鸟一样彻底过时，"成了一门无用学问的遗迹"。几乎没有人会对此提出异议,但汤因比还是留下了一些残存的意义。宏大叙事在达到一定的普及程度之后就会产生这种效果,汤因比的著作有助于消除西方中心主义的想象。那些在20世纪40年代至50年代读过或谈论过他的人会发觉自己能以一种不那么偏狭的方式来看待这个世界。他把我们引向了这样一种观念,即西方人要避免让自己只去看伦敦、巴黎或纽约的历史。不过当这一观念向下渗透到公立学校时,它相对较新的思维习惯也许就有些利弊参半了。汤因比对文化比较研究的信念影响了学校的课程,现在普遍的抱怨是,学校鼓励孩子们在开始了解自己所生活的国家之前要先去了解世界。但无论利弊,汤因比的方法仍然是我们所呼吸的空气的一部分。他的宏大叙事打乱了西方世界的各种假设。

一名优秀历史学家的笔下,总有一部不可回避的历史著作。对于一个只读过几天爱德华·吉本或弗朗西斯·帕克曼的读者来说,这个故事可能在一开始看来绝对没法以另一种方式来书写。然而,所有历史学家都知道,大多数历史读者最终也会知道,每一个故事都是由一个或一批历史学家所构建出来的，每一个重点都是由他们划定的，每一个主要人物都是由他们选定的，而历史学家们也相应地受到了严重影响。有时这种影响方式连他们自己也不能完全理解，比如他们会受到自己写作时期的那种知识分子腔调的影响，也会受到他们所为之写作的那些人想象中的需求的影响。

诺曼·康托（Norman Cantor）给自己那本关于20世纪的中世纪历史研究专家的书起了一个标题——《发明中世纪》（*Inventing the Middle Ages*），这一短语恰好总结了如今我们都认为历史写作是一种创造性行为的思维方式。这并不是暗示事实不重要。事实很重要，历史学家必须尊重它们。某些事实是不能忽视的，必须加以强调。一位论述19世纪早期英国政治史的历史学家，不能随意断定滑铁卢战役是不值一提的。不过，虽然某些事实和某些强调事实的方式是必不可少的，但收集这些事实牵涉浩如烟海的选择，而这些选择的总和就是我们所说的叙事历史。

几个世纪以来，历史学家和哲学家们集思广益，对西方文明的发展过程形成了一种确定的看法。它起源于美索不达米亚（Mesopotamia）和埃及，阿拉伯人发明了我们用的数字,腓尼基人(Phoenicians)发明了第一套语音字母表,希腊人发明了民主,罗马人发明了大政府,希伯来人发明了一神教和一种道德体系,基督徒则发明了一种基于救赎和庞大的国际教会组织的精神追求。罗马帝国的衰亡,中世纪黑暗时代的谢幕,直到文艺复兴的到来,然后是科学和启蒙运动的时代、殖民主义、浪漫主义时代、现代性,或许还有我们现在称之为后现代的时代。在这种粗略的叙述中,人类就像在接力赛中传递接力棒一样把文明传递了若干个世纪。

宾夕法尼亚大学古典文学教授詹姆斯·J. 奥唐奈(James J. O'Donnell)在他的新作《词语的化身》(*Avatars of the Word*)中坚持认为,这种宏大叙事是非常武断的——例如,我们让希腊扮演了一个如此重要的角色就大有问题。尽管如此,这种叙述至今仍是所有西方文化讨论的基本背景,即使对那些抵制它的人来说也概莫能外。批评家们可能会对它的某些部分提出异议,或者重写其中的某些内容。然而,宏大叙事仍将继续存在,因为我们还没有调配出一个可靠的替代品。但即便在使用它的时候,我们也应该记住,

第二讲 宏大叙事与历史范式

它代表了多个世纪以来人们所做出的一系列选择，这些人和我们非常相像，都渴望挑选出一些合适的祖先。

宏大叙事常会在舆论的浪潮中消失于无形，就像汤因比的作品那样。但还有一个伟大的例外，那就是《罗马帝国衰亡史》（*The History of the Decline and Fall of the Roman Empire*），爱德华·吉本在18世纪70年代和80年代共写了6卷，约合3000页。它在今天仍然受到人们的尊重和广泛阅读，每一代人都会推出新的版本，也会产生新的解读。吉本的作品背后有一种道德力量：正如最近为他作传的一位作者所说，吉本写作时就像一个狂热的党派人士，但他始终是在为人类这个党派而写。吉本如今最引人注目之处似乎就是他的腔调。这腔调让人想起了 L. P. 哈特利（L. P. Hartley）的小说《送信人》（*The Go-Between*）序言中一句被引用过很多次的关于历史的话："过往是一处异国：那里的人有不同的行事方式。"但我们首先想到的特定过往可能并非罗马人的过往；而应是18世纪，吉本自己的时代。吉本的写作有一种沉稳睿智的自信，这种风格在地球上似乎不复存在了；在我们这个时代，无疑没有哪个严肃的作者能展现出如此从容的姿态，如此确信自己有能力推理出一个权威性的结论。像乔治·斯坦纳（George Steiner）和 V. S. 奈保尔（V. S. Naipaul）这种以傲慢的武断著称的现代评论家与吉本相比都显得有些露怯。

吉本打算解释罗马帝国的历史，从公元 1 世纪初的奥古斯都大帝（Emperor Augustus）到君士坦丁堡的陷落及至 1453 年迎来文艺复兴的曙光。吉本在笔耕不辍的写作中变得更加自信；他的主张变得更加坚定，风格也更加个人化。一种历史叙事有时可以传达出一种整体的思维方式、一个完整的时代，吉本做到了这一点。在吉本关于古代的叙事中，我们可以看到现代文化的勃勃生机。讽刺、机智，对那些相互矛盾的理论的无情评断、冷漠的疏离——这一切似乎都是令人着迷的现代风格，而吉本就像一个幽灵，让他自己在每一页上都能为人觉知。这一宏大叙事中的现代性自我和自由蔓延的个人主义思想至今仍是一种相当革命性的观念，可以将其视为吉本最令人印象深刻的早期成就之一。即便在我们被他关于康茂德大帝（Emperor Commodus）遇刺或希腊人没能正确地使用火药来对付土耳其人的叙述所深深吸引时，这位 18

世纪的绅士是在为我们写作的想法也很少能从我们的脑海中挥去。

吉本有一个敌人：上帝有时会从天而降并主宰事件进程的那种信念。正如他在描述君士坦丁（Constantine）的生平时所说的："似乎偏离了自然的常规进程的每一桩事件、每一种现象、每一次意外，都被轻率地归因于神的直接行动。"作为启蒙运动中的一员，吉本相信自己可以创造出一种更有说服力的历史叙事。他想推翻那种上帝时常在人类历史中发挥作用的观点。吉本并不是第一个从世俗的角度来书写历史的人，但他毫无疑问是第一个明确表达了这一意图，并通过一部大篇幅、高质量的著作实现了这一意图的人。

吉本身居一个正处于上升期的帝国的中心，书写的却是一个衰落中的帝国。两者之相似显而易见，而随着他那几卷书接连问世，对其著作的引文甚至被拿到了议会上去诵读。但是他并未断言我们可以通过研究过往来回答当前的问题。对他来说，历史不是一种政策工具。因为他想知道，所以他想知道，这就是最好的理由。如他所说，他是一个"哲学历史学家"

（philosophical historian），他的哲学立足于启蒙运动的理性理想和对根本动因或原理的探索。他努力让自己对各种事件的动因有更宏大、更广阔以及更深奥的理解。像所有历史学家一样，他也希望能厘清过往，但他认为我们无法通过为其强加一种范式来做到这一点，而只能通过在事实中寻找对事件的具体解释来实现这一目标；他通常都是在个体和掌控社会机构间的关系中找到这些解释的。

令人惊讶的是，吉本似乎从未怀疑自己能准确而睿智地处理那些浩如烟海的材料。正如他的一位学界仰慕者最近所说的："他的作品之所以格外非凡，是因为他写作时没有大学的隶属关系，没有研究助手，没有接触公共图书馆或主要经典文本的评述版，也没有文字处理软件。"

吉本的作品问世还不到 30 年，就因维多利亚时代人们的虔诚而遭改写。1826 年，托马斯·鲍德勒（Thomas Bowdler）教士（他的名字成了英语中的一个动词——删改 [Bowdlerize]）推出了吉本著作的一个版本。在该版本中，他仔细地剔除了所有对基督教的批评，以及所有他认为表现出了不道德倾向的段落。

70年后,知名的古典学者J. B. 伯里(J. B. Bury)出版了一本带注释的吉本著作的版本,其中充满了质疑吉本所述事实的附录和脚注,并且还试图修正他的判断。而近年来,出版商又开始重印那个几乎没怎么更改过的原始版本了。如今《罗马帝国衰亡史》已基本成了一部文学作品,并将与其作者一同为世人所铭记。

在19世纪中叶,另一位宏大叙事者托马斯·巴宾顿·麦考莱所受到的尊崇甚至超过了吉本。实际上,麦考莱可能是有史以来最受欢迎的历史学家,以至其作品的销量可与同时代的查尔斯·狄更斯一较高下。他的文章是为了那些他所谓的平凡人而写的,据说即便你在19世纪70年代到澳大利亚的某个偏远角落去旅行,你都能在当地临时搭建的棚屋里找到麦考莱的散文集,以及一旁的《圣经》和莎士比亚的作品。在遍及英格兰的俱乐部里,工人们会聚在一起聆听麦考莱的历史作品朗诵。他的天才在于他能够将历史事件再造为强有力的叙事,并重现事件背景的视觉效果;他结合了剧作家和布景师的特质。我可以拿起一本麦考莱的著作集,随手翻开,就会发现自己被一篇论及博因河战役(Battle of the Boyne),或马基雅维利,或小威廉·皮特(William Pitt the Younger)的惊险段落所深深吸引。他最伟大的著作是论述17世纪的《自詹姆斯二世即位以来的英格兰史》(*The History of England from the Accession of James the Second*),共分5卷。

麦考莱把自己的思想、精神和他的主题联结起来,并将这一联结传达给了他的读者。他是个无比自信的人。据说墨尔本子爵(Viscount Melbourne)曾有评论"我希望自己对任何事都能像汤姆·麦考莱(汤姆是托马斯的昵称。——编者注)那样自信满满",这话也许不是第一次用在麦考莱身上,但肯定是最贴切的之一。对麦考莱来说,比自信更重要的是无论写什么都要给出自己的道德回应。

他的声誉最终也在这种特质的重压下崩塌了。因为他对自己所深信不疑的观点是如此投入,而他的著作似乎也只有那些和他意见一致的人才会完全相信。他的历史作品似乎是在暗示,过去所发生的事件的主要目的就是要开创一个使麦考莱成为其中一员的社会。他是个新教徒和辉格党人,这一点他绝不会让读者忘记。他相信进步、理性和中产阶级的价值观。在一部作品中，他写道："这种……叙事的总体效用就是要激起所有宗教信徒头脑中的感激之情，并在所有爱国者的胸中燃起希望。因为我们国家过去160年的历史，显然就是物理的历史、道德的历史和智识发展的历史。"他断定进步思想的传播年代始自新教改革。

批评麦考莱的人常称他是个书呆子，有的人在他生前就这么说，大部分是在多年以后，当维多利亚时代失去了光彩，自由派的乐观主义——辉格党的历史——就开始显得有些愚昧了。像其他采用宏大叙事的作者一样，麦考莱也是带着一种目的来描绘历史的；而一旦人们开始质疑这个目的，麦考莱作品的很多意义也就失去了。最终，相较于其他案例，他这个案例可说是更严重地败坏了宏大叙事的名声。

另一方面，弗朗西斯·帕克曼却为宏大叙事赢得了一个好名声，不过也可能是无心之举。作为一名具有伟大文学才华的波士顿贵族，他的作品被其描述为"美国森林的历史"，其写作在某种程度上显然是想要塑造北美人关于他们的社会是如何发展起来的观念。他钦佩吉本的作品，在早年生活中，他就已瞥见了17世纪和18世纪在北美大陆上发生的一段基本上无人知晓的传奇故事的轮廓；他相信这个故事应该有充分的理由得到像吉本给予罗马帝国那样的关注。

从 19 世纪 60 年代到 19 世纪 90 年代初，帕克曼出版了一系列书籍，如《路易十四治下的弗兰特纳克伯爵与新法兰西》(*Count Frontenac and New France under Louis XIV*)、《蒙卡尔姆与沃尔夫》(*Montcalm and Wolfe*)、《半个世纪的冲突》(*A Half-Century of Conflict*)等。他的宏大而又提纲挈领的主题就是英法两国在 18 世纪为争夺北美洲而进行的斗争，在他看来，这场斗争是正义的一方赢得了胜利。帕克曼在档案馆中花费了多年，也在当地土著、法国人和英国人为控制这块大陆而展开斗争的小径上行走了多年。他带着一种敬畏感凝视着那片寂静的森林，并把这种敬畏传达给了他的读者。他在脑海里重现了这片茂密的森林景象在经年的冲突中到底发生了什么。帕克曼的文笔有一种戏剧性的、迅疾的风格，比吉本的作品要浪漫得多。他是这样描述旧制度下的法国如何将其统治强加于建立在圣劳伦斯河（St. Lawrence）流域的殖民地的：

第二讲 宏大叙事与历史范式

这就是一种明目张胆的企图，企图在贪婪的等级制的勒索中去压榨，在封建君主制的束缚和诱骗中去扼杀一个被最狂野的自由所感化和围绕的民族——他们的学校就是森林和海洋，他们的贸易就是一种与野蛮人的武装化易货交易，而他们的日常生活就是一种无法无天的独立课堂。

帕克曼没有吉本那种冷漠的距离感，也没有他那种含蓄。总理麦肯齐·金[1]曾说："没有一个国家比加拿大更加幸运，因为她的历史是由帕克曼记载的。"但加拿大人并未经常表达他们的感激之情，帕克曼在这个国家也从未取得过巨大的成功。他的那些观点在他提出时就不怎么流行，而且这些年来渐渐变得无人问津了。在法国人和英国人之间，帕克曼当机立断，毫不犹豫地站在了英国人的一边——不论他多么欣赏法国人的精神。他还明确表示，他认为新教徒在道德上

---

[1] 威廉·莱昂·麦肯齐·金（William Lyon Mackenzie King, 1874—1950），三度担任加拿大总理，在位时间长达21年，是英联邦历史上在位时间最长的一位总理。其肖像现印于加拿大50元钞票上。

优于天主教徒。他太轻易地接受了本地土著只是些野蛮人的看法——哪怕他的叙述已经表明了他们有多复杂。他认为，与其说阿卡迪亚人[1]是英国人暴政的牺牲品，不如说他们多少有些自找麻烦。然而，帕克曼的写作生活和麦考莱不尽相同。可能因为他的风格更加自我，也可能因为他的主题不像麦考莱那样屡屡被人提及，帕克曼总让人感觉新鲜而振奋。近年来，他最重要的著作以两卷本形式被美国文库丛书（*Library of America Series*）收入并出版，这即使不能证明他作为一个历史学家的价值，也至少证明了他的文学地位。

唐纳德·克莱顿的崇拜者也希望他的作品能出现类似的复兴。克莱顿于1979年去世，终其一生都是多伦多大学的一名教师，在将近40年的时间里，他一直是一位声名显赫的作家。1937年，他以《圣劳伦斯的商业帝国》（*The Commercial Empire of the St. Lawrence*）这一著作首次让自己跻身加拿大国家级历

---

[1] 阿卡迪亚（Acadia）曾是法国在北美的殖民地，范围覆盖北美洲的东北部，包括现魁北克东部、整个加拿大海洋省份以及新英格兰地区。阿卡迪亚人（Acadians）是17世纪定居于阿卡迪亚的法国殖民者的后裔，其中许多是法国殖民者与原住民的混血儿。阿卡迪亚在18世纪落入英国之手后，阿卡迪亚人饱受猜忌，并最终被英国人驱逐。

史学家之列。这本书及其中对毛皮贸易的叙述，开启了将加拿大的历史转变成一种强有力的叙事的过程。在克莱顿的笔下，加拿大不是英国的海外延伸，也不是美国的北方附属国，而是沿着东西线自然发展起来的国家。这也就是后来为人所知的劳伦蒂安理论[1]，它主导了后世对加拿大历史的许多思考和论述——无论在学校里，在通俗书籍中，还是在大众媒体上。克莱顿后来又写了两卷约翰·A. 麦克唐纳[2]的传记。他的工作为思考加拿大问题树立了一个典范，彼得·C. 纽曼（Peter C. Newman）、皮埃尔·伯顿（Pierre Berton）和其他很多人的书都反映了这一点。

克莱顿是一个愤怒的民族主义者、一个狂热的反美人士，他毫不犹豫地将其史观与时事相连。在这个方面，他预见到了 20 世纪 60 年代末从加拿大英语区开始的民族主义运动，这运动至今仍保持着可观的力量。但在其他方面，克莱顿就像麦考莱和帕克曼一样，

---

1 劳伦蒂安理论（Laurentian Thesis）认为加拿大是沿着欧洲大都会（主要是伦敦）与经圣劳伦斯河的加拿大内地贸易和交通线发展起来的，即加拿大是加拿大企业家们利用英国的财力和资源建立和发展起来的。
2 约翰·A. 麦克唐纳（John A.Macdonald，1815—1891），加拿大政治家，曾任总理 19 年，推动了加拿大法制体系的完善，被尊为国父。

因为自己与时事的关联而备受煎熬。克莱顿是一个中央集权主义者（centralist），但在最近，多种形式的地区主义（regionalism）已成为加拿大事务中的一个强势因素。克莱顿最大的优点是他那种确定性，他那种有一个重要的故事要讲而且坚持把它讲下去的强烈意识；但是他讲故事的巨大热情让他很容易受到攻击。和汤因比一样，他也引起了专业历史学家的批评，尽管规模要小得多，他们认为以他对他们专业的了解他还不足以对他们发表什么意见。

吉本、麦考莱、帕克曼、克莱顿——我们可以把他们全部归类为专业的历史学家，但有时那些并非从事历史写作的作者也会进行宏大叙事。大约80年前，出现了两种宏大叙事的尝试，它们的观点极为不同，但都以各自的方式对20世纪的历史做出了极具代表性的回应。更乐观也成名更早的，是H. G. 威尔斯的《世界史纲》（*The Outline of History*）。更有影响力的则是奥斯瓦尔德·斯宾格勒的《西方的没落》（*The Decline of the West*）。

H. G. 威尔斯，这位成名小说家和前卫科幻作家的著述出于科学乐观主义，以及一种他可以治愈这个世界所患上的那些最严重疾病的信念，而那些疾病已在欧洲的第一次世界大战中被揭示出来。威尔斯相信人类的统一即将到来，但他也深信，只要人类还继续以各自不同的方式来看待历史，他们就永远都不可能团结起来。在他看来，《世界史纲》本身就是一个历史性事件，是通往世界政府和乌托邦之路上的一个里程碑。威尔斯一直是最多产的作家之一，不过在这部作品上，他超越了自己：他用一年的时间写了一本上千页的书。他有一群助手，但他只是偷偷承认他们提供了帮助，同时他还免费使用了《大英百科全书》(*Encyclopedia Britannica*)。即便如此，这也是一项庞大的事业，且其中带有令人惊叹的威尔斯式的论证。

威尔斯想要填补因《圣经》这部西方文明的核心著作走下神坛而产生的真空。在欧洲，从马丁·路德的时代开始，《圣经》就象征了历史与精神上的真理。这是一本众书之书，是诸叙事之叙事：没有什么故事的重要性能与它所讲述的故事相比。但是在 18 世纪和 19 世纪，一个被称为高等批判[1]的运动开始用科学来

---

[1] 对《圣经》的批判，包括低等批判(Lower criticism)和高等批判(Higher criticism)。低等批判着眼于《圣经》文字本身的构成和含义，即文本批判(textual criticism，亦作经文校勘，或经文鉴别学)；高等批判则着眼于《圣经》各个章节的作者、写作日期以及写作地点等。

检验《圣经》。这是《圣经》最不愿意直视的地方；传统上是《圣经》来评判科学，而不是相反。但高等批判愈演愈烈，《圣经》的权威性越来越弱。在几十年的时间里，欧洲的主要学术活动之一就是剖析《圣经》的各篇各卷，并依据它们的历史准确性、所引文本的合法性及其作者的身份来进行重新分类。

高等批判逐渐成了一项宏大的国际工程，以至无人不受其影响。虽然高等批判在很多情况下都是一种虔诚的行为，但它实际上让圣经学（biblical scholarship）超越了教会的权威；最终，《圣经》的古老权威被彻底瓦解。我们自己的时代也已经产生了一种后现代理论形式的高等批判。这两个运动笼统地听起来是一回事：对那些直到最近才被认为是难以置信的观念的不断陈述；在最珍视的信仰受到他人指责时的愤怒；博学的批评家之间的争吵；而最终，这些运动的观念开始通过社会和一种逐渐展露端倪的认识得以传播，这认识即某些主张并不像它们曾经看起来的那样只是风靡一时，而是已经将自身编织进了人们精神生活乃至日常对话的结构之中。

在一种混合着失落和恢复了智性活力的氛围中，

第二讲 宏大叙事与历史范式

H. G. 威尔斯开始了他的工作。他用科学代替了圣经知识,从生物学家的立场看待人类:生物慢慢地塑造自身,稳步地向语言和自我意识前进,然后进一步地向人类组织的高级阶段前进。他抓住每一次迈向社交和合作的举动,并将其作为即将到来的世界政府的标志。他徘徊于那些虚构出来的假想的农业传说之中。他像麦考莱一样乐观,也像麦考莱一样喜欢安插戏剧场景。

他曾一度为威尔特郡[1]高地的活人献祭仪式设想过一出戏剧。他是这么想象的:

> 一支队伍在石块铺成的大道间穿行,其中,祭司们也许穿着毛皮兽角一类的奇特服饰,戴着可怕的彩绘面具……披着兽皮的酋长们戴着牙齿串成的项链,手拿长矛和斧子,满头浓发都用骨针扎了起来,女人们则穿着兽皮或亚麻长袍……这里洋溢着一种节庆的欢乐氛围。在行进的人群之中,被指定的牺

---

[1] 威尔特郡(Wiltshire),即英国著名的巨石阵(Stonehenge)所在地。专家推测巨石阵很可能是公元前 2300 年左右修建的一处祭祀场所。

牲者们顺从而又无助地凝视着远处冒着青烟的祭坛，他们将在那里死去——为了能有个好收成，也为了部落能够壮大……生命从那潮水起落的泥泞海滩上的起点一直迈进至三四千年前，才走到了这一步。

他相信自己是在发表一份关于世界进程的总体报告。在亚历山大大帝的帝国中，威尔斯看到了一个试图统治全球的国际组织，这是众多的早期尝试之一。人类在走向全世界的统一之路上无疑犯了许多错误，但正如威尔斯所述："人类的希望在每一次灾难之后……都会再次升起。"他没有历史学家们那种对于妄下结论的顾忌。他能理解他所学到的一切。科学、道德正义和一个人类共同体——他断定，这三种观念是人类几千年来所有愿望的基础。威尔斯从一个不幸的开端中抽身而起，走向了文学和公共事务的阳光之中。[1] 现在他在自己的形象中看到整个人类也走上了同样的道路。他和人类这个物种合而为一了。

---

1 威尔斯1866年出生于伦敦的一个贫寒家庭，父母都曾做过仆人。后经个人努力，他开始从事文学创作并积极参与公共事务。

但他的书中也流露出一股愤怒的情绪；他痛恨所有那些已经很接近于创建一个世界政府却因自身的弱点而失败的领导者。他最痛恨的是拿破仑。拿破仑本可以为人类开创一个新时代，却最终成了自己"自负……虚荣、贪婪和狡诈"的牺牲品。

威尔斯把自己想象成他所谓普通人的捍卫者，而在他的预言中获得胜利的也是普通人。从1920年开始，威尔斯意识到民族主义是没有前途的，宗教正走向被彻底淘汰的境地，政治也马上就会被当成长期的低限度公害而被予以揭露。很快，整个地球就会被人们称为世界合众国（United States of the World）。你可以从这本书里找出一长串80年前的能言善辩的人所普遍持有的错误观念。

不过《世界史纲》在很多国家都取得了巨大的成功，并且在它所属的那个时代也广受尊敬。E. M. 福斯特（E. M. Forster）称它是一本伟大的书，年轻的阿诺德·汤因比则称赞该书是"宏伟的智力成就"，那时他才刚刚开始自己的历史巡游。

像威尔斯一样，奥斯瓦尔德·斯宾格勒也期望从生物学中找到若干隐喻，或从个人生活中找到一些类比，但他对除此之外的一切都有自己的独到见解。威尔斯那种上升到乌托邦的人类视角在斯宾格勒这里是找不到的。人类的各种文化才是他的历史主题——它们的兴盛与衰落，以及它们所经历的各个阶段。他所讲述的故事一次次在不同的地方上演。他推断，一种文化的历史流变就像"一个人所经历的各个年龄阶段"一样。文化会显现其内在潜力，然后在正常情况下，它们也会死亡。像很多作家一样，斯宾格勒告诫现代世界要利用类比和隐喻来进行审慎的思考，而且还要在一个有时看起来正走向彻底的非范式化的宇宙中寻找范式。

斯宾格勒是德国的一名中学教师，他于1918年出版了自己两卷本著作中的第一卷，这两卷合称为《西方的没落》。在该书问世初期，斯宾格勒的论点被他的很多德国同胞们视作对"一战"惨败后接踵而来的民族苦难的解释，但他自己的目标则要远大得多。他知道大多数人都是在一种神话的轮廓中来理解历史的；他想要改变这神话的形态和本质。某种程度上，他做到了。就像汤因比一样，他也把自己的一些东西留给了后世，并由此形成了这个世纪最普遍的心态。

第二讲 宏大叙事与历史范式

那些从未读过《西方的没落》的人,或者连这个书名和作者都没听说过的人,他们直到此时此刻都还在受其影响。

诺思罗普·弗莱(Northrop Frye),这位伟大的文学评论家并不是斯宾格勒的右翼德国民族主义的崇拜者,然而他承认自己受到了斯宾格勒的影响——其他所有人也都是如此。弗莱在 1976 年写道:"所有人都认为'西方'文化是属于欧美人的;所有人都认为这种文化是古老的,而非年轻的;所有人都意识到它与罗马时期的古典文化有着惊人的相似之处。"正如弗莱所说,所有这些想法都是从斯宾格勒那里来的。不止于此,"西方的没落或衰老,就像电子或恐龙一样,已成为我们精神面貌的一部分,在此意义上我们都是斯宾格勒主义者"。今天没有人像威尔斯那样还相信世界是年轻的,几乎每个人都认为这世界已经老了,起码也是成熟了。在威尔斯和斯宾格勒于 20 世纪 20 年代发起的这场竞赛中,斯宾格勒最终胜出。

这或许是因为他编撰的故事要可信得多,无论现在我们认为它是真是假——不过也可能是因为它回答了我们不断追问的一个历史问题:我们该如何面对那些震撼了世界的事件似乎都是随机发生的这一事实？17世纪，布莱斯·帕斯卡（Blaise Pascal）对这一极其令人不安的状况做了总结，他写道："克莱奥帕特拉的鼻子如果再短一点，整个地球的面貌都会不一样。"假使克莱奥帕特拉没有那么美，那么她就不会获得马克·安东尼的喜爱，而罗马和埃及乃至整个文明史都会向另一个方向发展了。[1]

那些在自己的生活中学会了明确目的的人，那些学会了去寻找事件之间因果关系的人，他们会发现这个真相是很让人痛苦的。但如果我们能在历史中找到一种范式，这种痛苦就可以得到缓解，即便是（如同斯宾格勒那样的）一个具有必然性的兴衰循环的范式。就像宗教一样，这种必然性的观念道出了我们对历史的焦虑，也道出了我们想要理解生活为什么会如此展开的需要。当然，它会引导我们走向悲观主义。但如

---

[1] 克莱奥帕特拉七世（Cleopatra，约公元前70年—前30年），俗称埃及艳后，是古埃及托勒密王朝的最后一任女法老。据说，罗马执政官马克·安东尼（Mark Antony）为其美貌所诱，抛弃原配妻子并与其联姻，此举惹恼了安东尼的妻弟屋大维（Octavius），后者发起战争并最终歼灭了安东尼的大军，安东尼阵前自刎，克莱奥帕特拉随之香消玉殒，而埃及也从此并入了罗马帝国。

第二讲 宏大叙事与历史范式

果我们主要是在寻找一种范式，并试图在那些难以理解的事件中发现意义的话，那我们或许就能认同一种鼓动悲观情绪的范式总比根本没有范式要好。

现今已不是宏大叙事的大历史时代了，我们可能会把宏大叙事当成一种人为编造的往事，认为它曾经有用，但如今像打字机一样已失去了价值。我们很想得出这样的结论，即由于这个世界对自身的了解已如此之多，今后都不用再进行类似的尝试了。即便如此，我猜我们也还没有看到它的终局。或许那些宏大的历史曾将我们引入歧途；它们还展现过惊人的傲慢。由此它们抑制了今天的学者，以至于当冠名为《世界史》（*History of the World*）这样的新书问世时，他们也极少会声称自己找到了像威尔斯或汤因比那样的范式。1976年，牛津大学的J. M. 罗伯茨（J. M. Roberts）就出版了一本名为《世界史》的983页的书，他说在思考未来时，研究历史的人只有一个优势："不管结果如何，他可能都不会太过惊讶。"他在最后一页问道，人类的历史经验是否赋予了我们在威胁我们生存的环境中幸存的智能。他回答说："无论如何都没有理由对此做出明确的断言。"

但是，那些宏大叙事作品的作者，尤其是吉本和帕克曼，他们创作的文学作品仍然有很多新的读者，或许还应该有更多。同样确定的是，我们发现如汤因比和斯宾格勒这样野心勃勃的作者们所开发出的概念工具在此时此刻依然有用。不仅如此，读者所展现出的对普遍必然性的渴望已经持续了太长时间，而且表达的频率如此之高，以至于学者们会找到一些新的办法来满足这种渴望。

将过去塑造成连贯叙事的需求不会在我们身上消失，无论我们要忍受多少次失望。哲学家阿瑟·丹托（Arthur Danto）把过往比作"一个容器，里面放置着……所有发生过的事。它……在前进的方向上一刻不停地变长，同时随着层层叠叠的事件进入它的流体之中，它也在一刻不停地变得更加充实起来，一个能调节的胃"。当然，现代的记录保存手段与过去相比要好得多，容器里的内容也比以往任何时候都增长得更快，仅此一点就让宏大叙事的想法变得让人望而生畏了。然而此时此刻在某些地方，有些聪明勇敢而又憨傻的历史学家们怀着各自刚刚浮现出来的意图在挖掘这过往的容器，他们手拿底稿，憨直而自豪地向世界发出宣言——"看呐!这就是一切的意义!"

第三讲 街头文学与新闻塑形

有人曾经给我讲过一个关于复仇的离奇轶事,事情发生在多伦多市西郊的奥克维尔。一个水泥卡车司机出门送货,中午的时候,他出人意料地把车停到了家门口。然后他发现自家的车道上有一辆凯迪拉克敞篷车,他从车窗往里瞧,结果看到自己的妻子和车主正保持着一种不太雅观的姿势。这个司机的报复来得异常迅猛。由于他的卡车装满了搅拌好的水泥,他直接把整车的水泥全部倾倒在了这辆凯迪拉克之上。此时给我讲故事的人停顿了一会儿,用充满爱意的语气把卡迪拉克的座椅、仪表盘和底盘被整个摧毁的状况仔细描述了一番,最终车胎爆裂,轮毂也被数吨重的水泥压扁。故事的结局是卡车司机彻底毁掉了那辆凯迪拉克,然后又回去工作了。

我觉得自己当时是相信这个故事的,而且我也的确很喜欢它。但《多伦多星报》(*Toronto Star*)的专栏作家皮埃尔·伯顿有些怀疑,他觉得这个故事好得不像真事,于是就开始着手调查。告诉他这件事的人说自己认识的一些人和那个水泥运输司机很熟,所以伯顿就开始给那些人打电话。结果证明这些关系并不像一开始看起来的那么明晰。事实上,这个司机是讲述者的一个朋友的朋友的朋友，而那个朋友的朋友却并不真的认识这个司机。线索越来越弱，直到最后，有人说自己已经记不起是在哪儿听到这件事的了。伯顿在他的专栏中解释说，这无疑是一个都市传说（urban legend），是那些时不时就会冒出来的故事之一，它们的源头几乎总是模糊不清的。

都市传说——民间叙事中最流行的生态形式——作为一种无意识的文学艺术仍顽固地存在于我们之中，它是大众想象的自然流露。它提醒我们，在某些方面，见多识广的城市居民们仍然与古老的叙事根源紧密相连；它表明我们仍然需要在大众媒体的范围之外拥有一些故事，同时我们也许还能对这些故事做出一点默默的贡献。在这种神话式的形式中，我们也需要一些亲近的元素：我注意到一件事，即典型的都市传说会声称其故事在空间和时间上都离我们很近。通常它都是最近发生的，在附近发生的，或是在一些和讲述者相当亲近的人身上发生的。根据我的经验，没有一个都市传说的发生地离你听到这个故事的地方超过100公里，有时它就发生在几个街区之外。

如果我们问是谁创作了这些故事，答案就是每一个讲述了这些故事的人。我们所有人都变成了造谣者、神话制造者，因为我们每个人都会修改那些故事，至少是有意无意地做了点轻微的修改。有谁在转述一个故事的过程中不做点小小的改动？有谁敢声称自己从来没有为了增强逼真效果而添油加醋，或从来没有对故事中的人物动机加上一点个人揣测，而这些揣测又在反复的讲述中被强化成了明确的事实？但这些故事是如何开始的，又是如何获得了一个往往堪称完美的结构的呢？我的猜测是，每个故事都始于我们对偶然听到或读到的那些事情的误解。此后，一只隐藏的手就接管了这种无心的集体杜撰式的隐蔽工作。有些事一开始还是真的，后来却慢慢成长为一部小小的虚构作品。

都市传说会有一些荒诞不经的内容，但同时它也会有感人之处：它像一场骚乱一样不可预测，也像史前巨石一样默默无闻。它让我们得以瞥见那些生活在我们周遭的人的内心世界。这一瞥将永远都是简洁而撩人的，就像被闪电瞬间照亮的风景一样，但它也隐含着一种奇妙的丰富性、一种精彩的多样性。它会严斥那些未经思考就说我们的同胞是平平无奇的假设。

在最近几代人中，都市传说已经取代了那种荒诞故事（tall tale），后者曾是北美各地聊天说笑的主要内容。在70年前，小说家和民俗学家佐拉·尼尔·赫斯顿（Zora Neale Hurston）花了18个月在她的家乡佛罗里达州的埃顿维尔（Eatonville）听老人们相互间讲述的故事，并由此整理出了一本荒诞故事集。她写道："早在我刚记事的时候，男人们就有……聚在……门廊上……交换故事的习惯。"在这个过程中，一些男人成了寓言艺术大师。有时，他们会坦率地称这些故事是"谎言"。1935年，赫斯顿出版了一本极具开创性的有关美国黑人民间传说的书，即《骡子和男人》（*Mules and Men*），这本书充满了各种极具想象力的即兴段子。

在都市传说方面，可与赫斯顿并驾齐驱的是一位犹他大学的民俗学家扬·哈罗德·布鲁范德（Jan Harold Brunvand），他也是一位故事收藏家，而且在这个领域有5本著作。1961年初夏，就在布鲁范德拿到民俗学博士学位后不久，密歇根州的一个邻居跟他谈到了附近卡拉马祖镇的一名水泥卡车司机的事。几乎是同一时间,我在多伦多也听到了这个故事,但卡拉马祖的那个版本稍微有点不同：那个密歇根司机的嫉妒是毫无根据的，因为停在车道上的凯迪拉克实际上是他妻子用自己辛苦挣来的钱给他买的礼物；而那名访客也不是什么情人，他只是一个汽车经销商，正在跟女主人交接一些文件。所以在这个版本中，情况非同一般，这是一个过于多疑的丈夫毁了自己车的故事。

布鲁范德后来得知，他在密歇根州听到这个故事的一年之前，得克萨斯州民俗学会（Texas Folklore Society）上曾朗读过一篇描述类似的水泥卸载事件的文章。而在1961年末，《俄勒冈州民俗学期刊》（*Oregon Folklore Bulletin*）也刊登了一起大致相同的事件。这又接连引起了各地的报道，到1962年，俄勒冈的学者们已经收集了43个分散于整片大陆上的版本。几年之后，我看到英格兰的《私家侦探》（*Private Eye*）杂志也在一个名为"真实故事"的专栏中很认真地报道了这个杜撰的故事。倘非如此，它一旦从人们的视线中消失，肯定就要落入那些陈腐奇闻的境地，就像某个老妇人不小心用微波炉烤熟了她的贵宾犬，或是纽约下水道里有只短吻鳄之类的奇闻一样。

但这个多年前的传说仍有着顽强的生命力。十年之后的 1973 年,在挪威的卑尔根市(Bergen),《工人报》(*Arbeiderblad*) 刊登了一篇题为"一个情人的可怕复仇"的报道。那个水泥卡车司机在这里又出现了。他路过自己家的门口,这次是一栋公寓楼,他注意到一个朋友的车停在那儿。他走进自己的公寓,听到他的妻子和朋友在卧室里,他就走到外面,掀开了那辆敞篷车的篷顶,然后往车里倾倒了两个立方的水泥。(这类故事通常都包含了所用水泥的确切数量,有时以立方米计,有时以吨计。在叙事过程中,即便是最离奇的故事,精确的细节也能让它变得合理。)

挪威报纸上的这篇报道被一些通讯社收录之后,更多的细节出现了:比如,这个朋友的车是一辆 1966 年的大众汽车。这篇报道传遍了海外,连远在内罗毕(Nairobi)的报纸都刊登了。与此同时,卑尔根市的一家竞争对手的报纸经过仔细查验,证实了《工人报》的这篇报道是虚构的。而最终,一开始刊登它的那家报纸承认他们是上了现在那个所谓"国际新闻笑话"的当。但即使是一场骗局,它也仍然活在卑尔根市。那年春天,一些很有超现实主义幽默感的人真的用水泥灌满了一辆大众汽车，然后就像在独立日游行时拉花车一样拉着它穿过了城市的各个街道，传说变成了真正的事实。

这个故事的所有版本都有一个有趣的共同点：没有人注意到在卡车司机倾卸水泥的时候，那个通奸的情人一直到自己的车被毁了都毫无察觉。单是这一点似乎就引出了一个非常可疑的问题。卸空一卡车的水泥会发出很大的噪声，因而想在一个居民区里小心翼翼地做到这件事是不可能的。

那为什么还有这么多人相信呢？

我们都知道没有"只是个故事"这回事，这一点既适用于其他类型的传说，也适用于都市传说。这个故事里有什么东西强大到足以抵消水泥卡车的噪声呢？也许是通奸者会受到惩罚的想法，也许是我们的平等主义精神激起了某个蓝领工人向某个凯迪拉克车主进行报复的想法，也许是我们因司机的别出心裁而感到愉悦。无论如何，经验都表明我们往往不会以怀疑的眼光看待都市传说。就像扬·哈罗德·布鲁范德所说："缺乏验证绝不会削弱其吸引力……"很显然，是我们获得的满足感消解了怀疑的态度。可能是诉说和倾听共同构成了一种合作的快乐，因而没人想严格地讨论证据或可能性来破坏这种快乐。讲述传说能让叙述者产生一种控制感，也能让倾听者与那些不同寻常的事件之间发生一段短暂的亲密关系。权力欲在这一过程中将自身显露了出来。对事实的认知是宝贵的，而展示这种认知的能力也同样宝贵。

新的都市传说仍不断地在社会中竞相上演。近期最受青睐的是有关盗取人体器官的故事：一个外地商人跟一个妓女喝得烂醉如泥，不省人事，醒来后发现肾不见了，一场精细而复杂的切除手术在他昏醉之时就得以完成。不久前，在南非，一则死亡事故的模式化传说开始在那些要依靠机器维持生命的病人间流传。这些死亡事故似乎都发生在每周的同一时间。最终他们追查到了一名女清洁工，她曾进入重症监护病房并拔掉了生命维持系统的插头，以方便她把地板打蜡机的插头插上去。这个故事传遍了南非的一座又一座城市，人们一直认为这是出自某家特定报社的报道，但结果证明该报并没有发表过这样的文章。这明显是一个挣脱了束缚然后失控了的隐喻式案例，"拔掉插头"这个特指终结人为延长的生命的口头禅已经变成了一个寓言故事。而这个故事也同样出现在了《私家侦探》上。

半个世纪前有人告诉我，有些制造商发明了一种可以永远发光的灯泡；他们把它雪藏了，因为它会摧毁他们的市场。即便如此，少量原型产品还是意外地从工厂里泄露了出来，被一些走运的人拿去用了，尽管制造商们一直都想把它们拿回来。布鲁范德也会动辄收集到一些与之类似的故事，包括一辆用一加仑汽油能行驶一千英里的汽车，或者某个原型产品不知怎么又从工厂里溜了出来，而制造商们急于将其收回，他们担心石油工业会因此遭到灭顶之灾。

这些故事现在都能轻而易举地在互联网上散播，但互联网不应该因此而成为众矢之的：早在我们能连上互联网之前，都市传说就如风般席卷了整片大陆；如今的互联网分享者们不仅会宣扬那些幻想故事，也会揭穿它们。

很多都市传说都是无害的，但其中也有一些会给人类的认知体系注入某种毒素。例如，关于失窃肾脏的传说已经传遍了第三世界，并严重抑制了跨国领养率的增长；虚构的叙事助长了这种现象，尤其是电视剧《法律与秩序》(*Law & Order*)中的一集,以及巴西电影《中央车站》(*Central Station*)。如果某个国家有很多人都相信外国人领养儿童是为了盗取他们的器官,而政府的反应是缩减或取消跨国领养项目,那这就会对那些儿童及其潜在的养父母们造成伤害。

都市传说是一种自发生成的新闻报道,是一种将某些观察和焦虑裹进一个叙事包中的方式,比如那些被默认的有关器官移植的恐怖事件,或某些匿名团体合谋操纵我们的信仰。通过这些叙事,我们可以安顿好自己的恐惧感;我们也可能把它们当成一种厘清和安顿自己对各种事件的混乱反应的方式。这种杂乱无章的街头文学以一种扭曲的方式反映了我们在电视和广播里看到或听到的新闻报道。都市传说戏仿了我们想以故事这种形式来解释世界的渴望。

大量全球性组织的存在就是致力于通过报纸、杂志、24小时新闻频道和网上的新闻源来满足这一渴望。叙事报道的泛滥如今已成为当代生活的一个很大的组成部分,以至于我们很难想象如果没有它将会怎样。然而,这种无孔不入的新闻报道也只有不到两个世纪的历史。

第三讲 街头文学与新闻塑形

新闻的发明，以及新闻故事作为商品的发展历程，构成了人类想象力的历史中众多重大的转变之一。它为人类提供了一种汇集事实、故事和观念的新方法——一种框架，或一种可以安置和消化各种事件的坐标格。

新闻业始于一些零散的小册子、月刊和周报，其中经常充斥着丑闻，偶有污言秽语，但往往也能增广见闻。对于早期的伦敦报纸来说，现代出版商所谓的传阅者数量是十分惊人的；每份报纸都有差不多20个人阅读。这是咖啡馆文化，亦即"便士大学"（penny university）产生的结果：你可以花一便士买杯咖啡，然后阅读咖啡馆老板购买的所有出版物。

这些出版物最终促成了日报的诞生，这一新闻创新可能比此后新闻业的任何发展都更具意义。日报体现了公众认识的一个根本变化，它的诞生代表其跨越了一条重大的分水岭。哲学家黑格尔在日报的早期阶段就看到了这一点，他说这种读报的仪式就相当于世俗的晨祷。当然，报纸阅读量的增长也伴随着《圣经》阅读量的减少。我们用自己周遭世界中的人物和奇闻轶事取代了先知们的故事。就像一种宗教一样，报纸给人们带来了巨大的变化。满足好奇心的新形式出现了，知识的新形式出现了，而在政治、商业、体育和更多专门话题所形成的共识基础上，新的社群最终也出现了。

文明是缓慢地进入这个领域的。日报并没有像磁带或互联网那样迅速成功和走红，它用了一个多世纪的时间才为人所接受，又用了更长的时间才发展成今天我们熟知的这种形式。1702年，英格兰的官方新闻审查制度结束几年后，萨缪尔·巴克利（Samuel Buckley）创办了《每日新闻》（*London Daily Courant*），并凭借法国传来的有关西班牙王位继承战争[1]的消息大获其利。不过他这个聪明绝顶的主意并没有很快被人模仿。半个世纪后，伦敦也只有5家日报，每份日报只有4页，能卖出将近1500份——这意味着每家各有将近3万名读者。法国在1777年出现了第一份日报，美国是1784年，加拿大还要比美国晚50年左右。这些日报的运营规模都很小，直到19世纪末，

---

[1] 西班牙王位继承战争（War of the Spanish Succession）是因西班牙王位继承问题而引发的战争，发生于1701年至1714年间，其中一方为奥地利、英国、普鲁士和尼德兰，另一方为法国、西班牙和巴伐利亚。

由于大众识字的兴起和活字印刷机的发明,那种充满叙事和广告的厚报纸才成为可能。

早期的报纸开创了一种信息持续流动的观念。现在,信息不是像官方公告或鬼鬼祟祟的谣言那样零星地出现,而是像日出一样有规律地出现。每一天,记者们都会掰出一个历史片段,把它印在新闻纸上,然后卖给公众。他们创造了一种新的习惯或嗜好——读报,也建立了一个新的精神世界。而且他们并不是完全依靠纯洁、高尚的精品信息来做到这一点的。他们的动机往往是粗俗的,他们的材料往往是下流的。我们现在公开地为新闻业的娱乐化感到烦恼,但娱乐一直就是新闻业的关键元素之一:早期的报纸并不比今天的报纸更加一本正经。我最近看了看1731年2月5日的《每日新闻》,发现国外新闻主要集中在罗马红衣主教的家族丑闻和维也纳皇帝的不正当政治操纵之上。还有一首头版诗,这是一个名为"记者展示"的媒体自我批评的开创性板块。它把1731年各报的内容描述为"贿赂!无赖!侵犯、腐败和大人物的倒台……免职和贬黜,大事和小情,魔鬼及诸恶",还说,"你只用读其中一篇,就相当于把它们全都读了"。——这表明愤世嫉俗的新闻观远非我们这个时代的发明，它至少也有268年的历史了。

日报最终创造了一种知识环境。马歇尔·麦克卢汉（Marshall McLuhan）说："人们实际上不是在看报纸。他们每天早上都像是泡热水澡一样陷入其中。"人们长期沉迷于这个新闻的新世界里，到了19世纪末，他们开始相信自己每天早晨都"需要"一种几千年的文明里都没有的东西——了解过去24小时里，在全市、全国，乃至全世界都发生了什么。新闻业创造了一种新的人类欲望：对有关时事的新鲜故事的饥渴。这也是今天和我们的生活如影随形的大众叙事传统的开端，虚构和非虚构故事传统的产生就是为了在各个巨大的陌生人社群中共享。想阅读《每日新闻》，你不必认识编辑，也不必去他的印刷所，你甚至不必在伦敦。即便你保持匿名也能加入这个读者社群之中，除了少许费用，无需任何报偿。这就是公众的开端。

在《每日新闻》创立后的几十年里，早期的报纸发行商们都是靠自己的才智来维持生活的：他们除了事实、观念、意见以及把这些内容有序地记录下来的能力，并无其他东西可以出售。但随着新闻的商业前景日益明显，早期身兼老板和编辑二职的人渐渐让位给了那些最具组织才能的媒体大亨们。在几代人的时间里，这些新发行商围绕着他们的报纸，建立了连锁公司式的庞大帝国，这些公司不仅拥有报纸，还拥有印刷这些报纸的印刷厂、造纸的纸浆厂、生产纸用木材的森林，乃至制造油墨的公司。这些都是工业组织所取得的巨大胜利，但工业化是要付出代价的：随着各报业集团和通讯社开发出他们收集、处理和交换信息的系统，效率上的需求和最低成本原则促使他们走向了标准化。文章陷入了僵化而循规蹈矩的模式，记者们慢慢失去了讲述引人入胜的故事的能力。报纸的日常写作风格变得拘泥而正统；常有人说记者们漏掉的故事远比他们刊登的那些故事有趣得多。

日报的这种风格一直持续到了 20 世纪中叶。1961年，威廉·温特劳布（William Weintraub）在他的小说《为什么要捣乱？》（*Why Rock the Boat?*）中以蒙特利尔《见证者报》[1]的名义对此风格大肆嘲讽。温特劳布小说中的《见证者报》以出版大量的无聊故事而自豪；该报

---

1 《见证者报》（*Witness*），是一份于 1845 年至 1938 年间在加拿大的蒙特利尔发行的新教教会报纸。

从不屈服于有趣的事。温特劳布解释说，记者们之所以魅力十足，主要是因为他们对公众隐瞒了最好的故事，而《见证者报》的记者们则是想方设法地隐瞒了几乎每一件有趣的事。这就使得他们在私下里成了"令人着迷的故事大王，从而在交际场合中备受欢迎"。

在这个受到温特劳布精准嘲讽的体系之中，能循循善诱、直抒胸臆地讲故事的报社记者就成了稀有动物。即便如此，多年来，一部分作家还是在新闻业和我们现在所称的创意写作之间找到了一种联系。19世纪，马克·吐温（Mark Twain）、斯蒂芬·克莱恩（Stephen Crane）以及许多稍逊一筹的人物都身兼了报社记者和小说家的双重身份。20世纪20年代，本·赫克特[1]在芝加哥曾来回切换于虚构文学和新闻业之间，此后他前往好莱坞，帮助发明了黑帮电影和其他几种形式的大众叙事的娱乐节目。

同一时期还出现了一个伟大典范——欧内斯特·海明威，他年轻时曾在《堪萨斯城星报》（*Kansas*

---

[1] 本·赫克特（Ben Hecht，1894—1964），美国编剧、导演、记者和小说家。曾凭借电影《地下世界》（*Underworld*）获得第一届奥斯卡金像奖的最佳原创故事奖。

City Star)和《多伦多星报》工作。多年以后,他说是《堪萨斯城星报》逼着他去学习如何写一个简单的陈述句。当他还在那里的时候,报刊体例书是这么说的:"句子要短。第一段要短。语言要有朝气。要积极,不消极。"这是乐观的美国中西部新闻业的一个公式,旨在迅速传达简明的信息,但海明威出于自己的目的调整了这种风格。他用朴素的文字来雕琢自己独特的诗歌,用反讽、愤怒和孤独来填满简单的陈述句式。他断断续续地为《多伦多星报》工作了4年,该报在1922年曾派他去报道希土战争[1]的后续事态。他有一篇关于难民撤离的报道刊登在了《多伦多星报》上,标题是《一支安静得可怕的队伍从色雷斯出发》。文章开头写道:"在一场永无休止而又步履蹒跚的前行中,色雷斯东部的基督徒们正在堵塞通往马其顿的道路。"他以罕有的直率描述了难民们的混乱与苦难。

海明威为《多伦多星报》写了14篇有关希土战争的文章,这些文章帮他树立了自己的形象。作为新

---

[1] 希土战争(Greek-Turkish War),1919—1922年间希腊与土耳其之间发生的战争。

闻报道，它们堪称优秀；但当他把它们倾注到自己的小说中时，它们就变得更为有力了。在他完成这些文章之前，那次战争的相关材料就已经为他的书贡献良多，包括《我们的时代》(*In Our Time*)中的三段插曲，《午后之死》(*Death in the Afternoon*)中的两个段落，还有他最好的故事《乞力马扎罗的雪》(*The Snows of Kilimanjaro*)中的两段关键闪回，一篇鲜为人知的短篇故事的一部分，以及《永别了，武器》(*A Farewell to Arms*)中涉及卡波雷托(Caporetto)撤退的一个章节。

海明威一直在新闻编辑室这个精心设计的乏味环境里坚持维护自己作为一个写作者的自主权。而几乎在同一时间，亨利·卢斯正在研究一种更加制度化的应对（乏味的）措施：他和他的合伙人布里顿·哈登(Breton Hadden)于1923年创办了《时代周刊》杂志。卢斯的成名有多方面的原因，比如他毫不掩饰地把政治观点和新闻混为一谈；创办画报杂志《生活》(*Life*)；为追求生动原创的风格而把英文弄得面目全非。但让他发财的是这样一种观念，即只有在各种事件以叙事的形式组织起来，并且一般都是按时间顺序来排列的时候，人类才能最清晰地理解（或相信自己能理解）

那些事件。

卢斯和哈登创办《时代周刊》时，目的是将其视作一种新闻摘要，一种让人们无须翻阅厚重报纸里死气沉沉的专栏就能追踪时事的方式。起初他们的资源是相当可怜的：除了成堆的剪报、若干参考书，还有自己的想象力之外，他们一无所有。但他们明白叙事就是组织起一种现实叙述的最有说服力的方式，也明白所有叙事都需要一种目的意识。各家报纸时常提出要在讲故事时表现出某种中立性，这很可能是个不可能达成的目标，而且它在任何情况下都肯定会严重削弱讲故事这种行为。

哈登经常提起荷马的《伊利亚特》，因为它语言生动，叙述有力，还有一种赋予故事以紧迫感的目的意识。卢斯深受这位早期合伙人的影响，他也学会了像军士长操练士兵一样来操弄信息：他和他的雇员们都让混乱的事实按命令在有序的叙述队伍中稳步前行。卢斯和他的同事本能地抓住了新闻业的一个核心真理，而此后又有数千名教授从理论上阐释了这一真理——新闻业是一栋富于想象力的建筑。它既遵循其构造者的规则，也模仿了现实。

《时代周刊》的政治影响力在最近几十年里消失了，它讲故事的方式和其他杂志已十分相似，部分原因是其他人都从《时代周刊》那里学到了很多。但在杂志的巅峰时期，《时代周刊》式的叙事读起来的确与众不同。它会给你提供新闻，但不突兀，不像报纸那么明显。经过精细加工的《时代周刊》的故事都是以缓慢而又极其细致的场景设置来引诱读者，接着就是一篇精细打磨的叙事，最终导向一个旨在传达情感力量的结论。《时代周刊》的叙事风格在越南战事急剧升温之前达到了它的最高点，彼时其社论所表现出的信心正好响应了美国在政治和经济上的信心，其散文文体家式的沉稳姿态也和美国政策制定者的沉稳姿态一致，而且亨利·卢斯本人仍然在世。1964年的《时代周刊》有一篇关于苏美两国交换间谍的文章，开头是这样一句话："柏林的一个雾蒙蒙的早晨，一辆来自苏区的黄色梅赛德斯轿车停在了赫尔斯特拉斯（Heerstrasse）过境站的关卡前。"也许《时代周刊》对间谍活动的了解并不比报纸更多，但它的风格让信息舞动了起来。一篇关于塞浦路斯冲突的文章在一开始写道："花朵在圣希里昂（St. Hilarion）摇摇欲坠的塔楼上开放,老鹰在凯里尼亚(Kyrenia)上空悄无声息地盘旋。"这句话的意思很简单,就是说塞浦路斯的情况并没有多大变化。1964年春,《时代周刊》刊登了一篇讲述美国驻西贡(Saigon)大使亨利·卡伯特·洛奇(Henry Cabot Lodge)的封面故事,它以经典的《时代周刊》风格开篇:

> 在西贡闷热的雨季来临前的一个阴郁清晨里,冯克宽街(Phung Khac Khoan Street)38号二楼卧室的一只闹钟在寂静中发出了刺耳的响声。那位波士顿来的大人物起了床,吃过芒果或木瓜早餐,又将那把史密斯·韦森38口径短管左轮手枪装进了肩部枪套,然后就出发去办公室了。

在今天看来这不太像新闻报道,倒更像是汤姆·克兰西[1]通俗小说的开头,这可不是巧合。正如杂志记者模仿小说家一样,想登上畅销书排行榜的小说家也

---
1 汤姆·克兰西(Tom Clancy,1947—2013),美国军事作家,当今世界最畅销的反恐惊悚小说大师。代表作有《猎杀红十月号》《细胞分裂》等。

在模仿记者。流行文化的这两个元素都承认它们有相似之处。大约在同一时期,阿瑟·黑利[1]的小说成了世界上最成功的叙事作品之一。他的每一部作品都建立在对其主题最详尽的研究的基础之上,无论医疗业、银行业、汽车业或黑利想要写的任何主题都是如此。有时,人物和故事的功能似乎就是为了给他的研究注入活力。我们可以从他的小说《大饭店》(*Hotel*)中了解酒店,从他的小说《航空港》(*Airport*)里了解机场,但读过这些书的几个月后,我们就不大能记起书中的人物了。

《时代周刊》精心策划的新闻报道的传播方式,源于对虚构文学和报道之间关系的理解,以及新闻业绝不能简单直接地去描述事实这一认识。新闻永远是一种近似、一种副本、一种拟像。记者的职责很像是艺术家——或好或坏的艺术家。我们都是把文学和电影艺术的惯例强加于现实之上,也都是把完全不同且常常是混乱的数据转换成一种可接受的有组织序列。

记者们可能偶尔会声称自己仅仅是信使,传递着

---

[1] 阿瑟·黑利(Arthur Hailey, 1920—2004),英国畅销书作家,被誉为行业小说之王。他擅长以行业和职场为背景来展开故事情节。

他们收集到的事实，但这种姿态是经不起推敲的。在他们最得心应手的时候，那些新闻叙事可能会显得自然而又必然，好像每个故事都不得不讲，而且不可能以另一种方式来讲。但这些事实都是由记者来选择和塑造的，因而必定会反映出他们的利益和传统。例如，所有新闻媒体所提供的政治方面的信息都要远远多于在公共利益方面应有的客观评价；其他的关键性话题，尤其是科学，相对而言就被忽视了。这是因为现代新闻业起源于19世纪到20世纪初的党报。几代人之前，办报的明确目的就是阐明一个政党的价值观。这就造成了一种假设，即政治是新闻业的天然主题——这一假设还在持续地自我繁殖。一代接着一代，记者们作为政治写手而出道，他们正确地判断出这是通往成功的必由之路，在成为编辑之后，他们对政治的了解已经超过了对其他任何问题的了解。

《时代周刊》的前记者西奥多·怀特（Theodore White）写了一本关于约翰·肯尼迪（John Kennedy）竞选的书——《1960年总统的诞生》（*The Making of the President, 1960*），由此奠定了当代政治新闻的基础。怀特得以接触到那次竞选的内幕，或一部分内幕，之后他写了一个故事来体现肯尼迪的政治路径和自己对 1960 年美国生活的理解。该书成了一本畅销书，一本有抱负的政治家们都应一读的教科书，也成了其后成百上千本类似书籍的灵感来源。怀特创立的这种以大篇幅叙事来论述政治竞选的传统在美国、加拿大和英国都已根深蒂固，以至于现在有些作家可能根本无须费心阅读怀特的作品就能把他模仿得惟妙惟肖。

与此同时，电视新闻和纪录片也正在开发叙事新闻在视觉上的对等物。在将新闻转变成叙事方面，电视业已跃居报业之前，这一方面是因为电视业急于确立自己信息供应者的地位，另一方面也是因为电视业没有受到陈腐的报刊写作惯例的拖累。一开始，电视新闻还受到摄像设备的重量和大小的限制，但随着摄像机的移动化和磁带编辑的简易化，电视记者们也学会了如何把他们的节目打造成有条理的小故事。而这些故事，也是人造的，就像纸媒新闻一样。

有一个关于哥伦比亚广播电视网（CBS network）的已故创始人威廉·佩利（William Paley）的故事，给我们展示了这种支配着新闻业的诡计。1962 年的一天，佩利对哥伦比亚广播公司的记者丹尼尔·肖尔

(Daniel Schorr)在拍摄采访一名粗暴无礼的东德政客时的表现称许不已。佩利说:"让我印象最深的是,他用那样的语气跟你说话,你还能这么冷静地坐在那儿看着他。"听到这番话,肖尔被老板表现出的无知震惊了。和大多数电视采访一样,他那天工作时一直带着一台摄像机。当他向对方提问时,摄像机也一直在拍摄那位政客;等这个过程一结束,摄像机就要换位,以便拍摄肖尔提问或静静聆听的样子。当然,那时这位政客已经把话说完了,甚至可能已经离开了大楼。

肖尔不知该如何回应这句根本不是恭维的恭维话。他说:"佩利先生……您肯定知道那都是后来补上的脸部特写镜头吧?"但佩利这个美国广播电视界最有权势的人物,这个拥有业界最受景仰的新闻部门的公司的负责人,对他的员工是如何采编新闻的这一基本事实毫无所知。所以他问道:"这么做诚实吗?"肖尔(据他后来回忆)答道:"这是个有趣的问题。我也不愿这么回答。但的确这不诚实。"于是佩利决定以后不允许这么做。他下令哥伦比亚广播公司的新闻要绝对禁用事后脸部特写镜头。这一政策只维持了很短的一段时间就被人遗忘了。哥伦比亚广播公司和所有其他广播公司一样，回到了大家一直都在用的办法：把一些胶片或磁带的片段拼接起来，直到它们看起来就像现实一样。

那些把新闻打造成叙事的人，以及那些阅读、观看或以其他方式从中汲取信息的人，显然在对一种人类需求做出回应。马里兰大学（University of Maryland）的马克·特纳（Mark Turner）提出了一种故事教会了我们思考的理论。在他的《文学的心灵》（*The Literary Mind*）一书中，他指出讲故事不是一种奢侈或消遣，而是开发智力的一部分。故事是人类思想的基础构件，它们是大脑组织自身的方式。特纳参与了他所在大学的神经系统科学与认知科学的研究项目，他认为大脑从本质上来说是文学性的。利用杰拉尔德·埃德尔曼（Gerald Edelman）的神经系统科学，他描述了人类的大脑通过神经元的交叠系统或地图来整合思想与感觉片段的过程。我们就是这样把各种碎片拼合起来，并通过连接各种元素来寻找意义的。而能让神经元兴奋起来并使得这些连接成为可能的那股力量，就是叙事——尤其是那些与其他故事混杂在一起的故事。当拿一个自己知道的故事去比照另一个故事时，我们就是在组装那些能让我们的大脑运转起来的元素。这能否说明我们对讲故事和听故事的需求呢？

乔治·奥威尔（George Orwell）也许是20世纪最受人钦佩的记者，他给我们留下了一份自述[1]，讲述了叙事作为一股他无法完全掌控的力量是如何在他的生活中不请自来的。从大约10岁到25岁，也就是他成为作家前的那15年里，他一直在进行一种他后来称之为文学练习的心理活动。他说这是"在编造一个关于自我的连续性'故事'，一种仅存于心中的日记"。

当他还是个孩子的时候，他会把自己想象成罗宾汉（Robin Hood）或其他的英雄人物，但最终他在心里给自己讲的故事慢慢变得不那么具有英雄气概，而几乎成了对他所做所为和所见所闻的精确描述。他记得有时自己的脑海中会匆匆划过一段叙述。他举了一个例子：

> 他推开门进了房间。一道淡黄色的阳光

---

[1] 即《我为什么要写作》（*Why I Write*）。

> 透过细布窗帘斜照到桌上,上面有一个半开着的火柴盒放在墨水缸旁。他把右手插到口袋里,走到窗前。楼下的街道上有一只黄棕色的猫正在追逐一片枯叶……

诸如此类。奥威尔声称,他那么多年来都是在某种强制之下,几乎不由自主地从事这种无声的描述性工作。也许这样的事情已经在数以百万计的人身上发生了,但奥威尔一贯的诚实叙述仍是一个作家暴露其内心生活中这一独特面向的罕见例子。奥威尔发展出了一种高度现实主义的写作风格,但显然他是被自己的幻想生活所驱使的。

他被公认为是一位敢讲真话的作家,哪怕这样做让他失去了朋友,失去了合约,甚至在一段时间内也失去了部分大众读者。他是备受景仰的文学性新闻的前辈之一,多年以来,他们一直在致力于研究叙事与现实之间的关系。奥威尔曾创作过几部报告文学作品,但对于理解叙事的发展来说,最值得注意的还是《通往维根码头之路》(*The Road to Wigan Pier*)。他受人所托[1]，怀着极大的热情和同理心写下了这部著作，他把自己也嵌入了故事之中；或许最令人惊讶的，是他在没有告知读者的情况下，跨越了虚构和非虚构之间的界限。

1936年，英国正经受着萧条经济的折磨，奥威尔打算去曼彻斯特（Manchester）附近的维根这类矿业城镇和工人以及其中许多的失业者一起生活一段时间，他做了所有惯常的研究工作——采访所有他能采访到的人，和贫困家庭租住在一起，参与政治讨论，在图书馆里研究有关住房和健康的报告，收集新闻剪报。他三下煤矿，由此创作出了一些最扣人心弦和骇人听闻的素材：他把地下的狭小空间描述成某种为工人而设的日常刑讯室。他还谈到失业者们在堆积如山的垃圾堆上争先恐后地寻找煤块来为房子取暖——这对于煤矿工人来说不啻为一种尤显羞辱且非人道的盗窃行为，没有他们的埋头苦干就不可能有欧洲社会。

在奥威尔离开维根的那一刻，他描述了眼前的景

---

1 这部作品是1934年奥威尔应出版商维克多·高兰世之约去调查英国北部煤矿工人的生活状况，为左翼图书俱乐部写的一本关于经济衰退时期工人阶级状况的书。

象:"火车带着我远去,穿过巨大的矿渣堆……堆积如山的废铁、肮脏的运河和灰泥路……天气冷得可怕,到处都是黑乎乎的雪丘。"

记者们常常被告诫不要写他们自己,这是有充分理由的。他们可以借此提醒公众,不必对记者本人产生什么兴趣,只要对他们受委托所写的主题感兴趣就行。这十之八九是个好建议,但也有一些记者打破了这一规则,还取得了巨大的成功。就奥威尔这个案例而言,他自己的人生故事——也可以说是他15年来随身携带的私人叙事的延伸——已经成了他的著作和文章的一部分。他经常向读者述说自己的政治态度,尤其是他对苏联及其所有盟友日益增长的仇恨。在《通往维根码头之路》中,他对裸体主义者、反战主义者、素食者、同性恋者,甚至穿凉鞋的人都表达了自己古怪的偏见。这些评论不但没有让他的读者们感到厌烦,反而让他们相信自己是在和一个活生生的人打交道,而非那种司空见惯的新闻机器;尽管这些看法都很古怪,但这也使他的作品更加引人入胜。由此,那种自青少年时期以来的不成文日记就慢慢变成了一流的新闻报道。

第三讲 街头文学与新闻塑形

但回过头来看,《通往维根码头之路》也提出了一个直至此刻还困扰着叙事性新闻写作者的问题:一个写作者究竟是应该只使用没有改编过的事实,还是可以为了更大的真相而牺牲精确的信息?能否允许以巧妙的,或更诱人的方式来重新编排素材?直到最近我才意识到,这种为了效果而进行重新编排的做法已经被奥威尔运用到了《通往维根码头之路》中。例如,上面引用的那段话后紧接着就描写了奥威尔在火车上瞥见的一个人,一个因贫穷而未老先衰的女人。他说自己在她脸上看到的表情,使那些自以为是的中产阶级——认为穷人们由于不知道还有其他的生活方式,因此多多少少满足于自己的命运——的看法变得毫无意义。奥威尔写道:"我在她脸上看到的并不是如牲畜一般无知的痛苦,她对自己的遭遇了如指掌——她和我一样清楚,在严寒中跪在贫民区后院黏滑的石头上是多么可怕的命运。"[1]

但正如伯纳德·克里克(Bernard Crick)在一本奥威尔传记中所指出的,他那段时期的日记显示他根本没有在火车上看到这个女人。他某天外出散

---

[1] 书中描写的这个女人当时正跪在后院用棍子通下水管道。

步时看到了一个正在劳作的女人,出于某种诗性的力量,他把她转移到了那个火车车窗前的场景中。而在这段话之后,他又插入了一段抒情描写,描述了两只乌鸦交配的情景——这也不是在那列火车附近发生的,而是在另一个城镇的另一个场合发生的。奥威尔重新编排了这些事件,以服务于他的叙事。克里克指出,奥威尔对其见闻的叙述是"一种极为深思熟虑的艺术建构"。

同样是 1936 年,詹姆斯·艾吉(James Agee)在美国进行的研究也是如此。艾吉和摄影师沃克·埃文斯(Walker Evans)去南部农村和当地的贫困农民家庭一起生活了一个月,他准备给《财富》(Fortune)杂志写一篇或一系列文章。艾吉想用自己艺术家式的强烈自我意识去寻找一个合适的语调,因为他感到常规的杂志叙事会歪曲佃农们生活中无情的残酷现实。他觉得自己必须跳出新闻业的框框,到别处去找一找灵感,而最终他为那本书找到的语调不但受益于现代新闻业,更受益于文学和英王钦定版《圣经》。《财富》杂志最后没有采用这部作品,当它作为《现在,让我们赞美伟大的人》(*Let Us Now Praise Famous Men*)

这样一本书问世时,也没有获得成功。然而 20 年后,它再版时却一跃成为一部经典,并一直延续至今。

艾吉在南方度过了两个月,其中一个月,他和古杰尔一家(Gudgers)住在一起,这是一户消极而充满挫败感的佃农家庭,他带着敬意来看待他们的生活,但对他们的描述极为细致。他也像奥威尔一样痛苦,这痛苦出自一种沉重的自我意识,一种对罪责的认知,以至于他不得不以一种谦卑的态度来描写古杰尔一家。一开始,他曾带着万丈怒火以及夸张的自我憎恶情绪谴责了自己和同事:

> 这在我看来有些奇怪,虽然还谈不上下流和十足的恐怖,这种事就发生在一个通过需求、机会以及收益而结合在一起的人类社群之中……一个新闻机构,密切地窥探着一群毫无防备且受到了骇人听闻的伤害的人,窥探着这样一户无知而无助的农民家庭,目的只是……以"诚实报道"(无论这一悖论意味着什么)的名义、以人性的名义、以无惧社交的名义,为了钱,为了一个改革运动的

> 好名声，而在另一群人面前展示这些人生活
> 中的赤裸、缺陷和屈辱。

显然，艾吉无法围绕古杰尔一家贫乏的生活来构建起一个叙事。他们的存在本身就是故事的对立面：那种生活是停滞的，每天都是那些同样的该死的事。因此，艾吉把他个人对佃农的发现，以及他自己对这一发现所表现出的反应打造成了一篇叙事。他花了两页纸来写古杰尔家的地板，四页纸写他们的工装：他用这样的精确性和诗性力量来描绘这些细节，让它们变得如此引人注目。和维根码头的奥威尔一样，南部乡村的艾吉也在一定程度上成了一名自传作家，在复杂幽微的都市意识中寻找着对古杰尔一家狭隘绝望的生活的回应。

奥威尔和艾吉把他们所揭露的故事转变成了寓言，这是几千年来的普遍做法。1935年，英格兰的年轻诗人W. H. 奥登试图为他的时代定义这一过程。他写道："一定而且永远都有两种艺术，逃避的艺术……和寓言的艺术，这门艺术将教人忘却仇恨，学会爱。"奥威尔和艾吉试图把他们的作品打造成第二种艺术。

报刊新闻行业的命运就是不断地重新发明轮子，在这里，轮子的意思是认识到新闻的力量就在于通过讲故事来理解世界的意义。20世纪30年代，奥威尔和艾吉以他们各自不同的方式了解了这一点；而在20世纪60年代和70年代，对于一群同样具有自我意识的作家们来说，以新新闻主义[1]的名义重新唤起同样的冲动和技巧也实属必然。

其实就连这一措辞也已经是老生常谈了。据我目前所知，这个词第一次出现是在1887年，当时伟大的文化评论家马修·阿诺德写道："我们有机会观察到一种新新闻主义，这是一个聪明而又精力充沛的人在不久前发明的。"阿诺德说的是W. T. 斯蒂德（W. T. Stead），他负责编辑伦敦的《帕尔摩报》(*Pall Mall Gazette*)，并利用其版面来争取儿童福利和社会进步。仅仅4年以后，就有人在这份《帕尔摩报》上使用了阿诺德的"新新闻主义"这个术语，如今它已经成了一个"被滥用和大量误用的名称"，要用大写的"N"和"J"来拼写。

---

[1] 新新闻主义（New Journalism），是一种新闻报道形式。最显著的特点是将文学的写作手法应用于新闻报道，重视对话、场景、心理及各类细节描写。

20世纪60年代中期,"新新闻主义"这个术语再度回归,以指代那些撰写公共事务或罪案的小说家的作品——比如杜鲁门·卡波特(Truman Capote)的《冷血》(*In Cold Blood*),描写了堪萨斯州一户农民家庭被两个流浪汉无辜杀害的故事;诺曼·梅勒(Norman Mailer)的《夜幕下的大军》(*Armies of the Night*)则讲述了一次针对越南战争的抗议行动。有时这些书很像小说:它们都在故事中细致地重构了相关场景,它们会使用对话,也会表达观点。梅勒引入了一些自传的片段;而汤姆·沃尔夫(Tom Wolfe)——这一风格的最著名的实践者之一——虽然自己并非小说家,却也照着伊恩·弗莱明(Ian Fleming)这类通俗小说家的样子来运用细节描写——他仔细地列举了各种酒、服装和汽车的品牌。亨特·S. 汤普森(Hunter S. Thompson)在《竞选路上的恐惧与嫌恶》(*Fear and Loathing on the Campaign Trail*)一书中讲述了1972年理查德·尼克松的第二次总统大选,他公开使用了幻想元素,这同样是小说家的手法。沃尔夫汇集了这一体裁的典型范例,并和E. W. 约翰逊(E. W. Johnson)合编了一本选集,即《新新闻主义》(*The

New Journalism)。在其导言中,他说明了这种形式的优势,肯定了它的长处。随后,沃尔夫又写了一本关于美国的太空计划及其在试飞员文化中之起源的畅销书《太空先锋》(*The Right Stuff*),由此为其论点提供了完美的例证。

从一开始,新新闻主义记者的书籍和文章就引起了各方批评。就像都市传说一样,它们往往听起来好得不像真事。杜鲁门·卡波特坚称《冷血》中的每一个字都是精确的,但怀疑的声音还是出现了。我们怎么能确定某个已经不在人世的人确实对另一个也已不在人世的人说了那样一些话?在《太空先锋》中,沃尔夫怎么那么清楚林登·约翰逊(Lyndon Johnson)这样一个不善表达内心世界细节的男人在特定场合下的那种无法言传的情感?从故事讲述者的立场来看,那些事件就发生在喜气洋洋的诺曼·梅勒的眼前,这是不是有点太方便了?

随着岁月的流逝,越来越多的裂缝开始出现了。因《广岛》(*Hiroshima*)一书而被人视作新新闻主义先驱的约翰·赫西(John Hersey)给沃尔夫的《太空先锋》写了一篇冗长的批评文章,他断定其中大部分内容都是想象出来的。卡波特的作品也受到了越来越多的审视，而且人们已经发现里面充满了各种只可能是作者自己捏造出来的材料。当沃尔夫被问及这类批评时，他耸了耸肩，好像这并不重要。新新闻主义记者一方面宣扬一种教条，即形似虚构的真相；而另一方面，他们似乎也常常承认，真相偶尔和虚构会混杂在一起。

随着这场争论断断续续地展开，叙事性新闻报道也在逐步取得优势。20 世纪 80 年代有一段时期，《今日美国》(*USA Today*) 凭借其短小精悍的消息成了北美各地报纸竟相模仿的典范。而在最近，报纸又开始转向长篇叙事。一个转折点是 1993 年美国报纸编辑协会（American Society of Newspaper Editors）的一份名为"话语方式"（Ways with Words）的报告，其中引用了两位新闻学教师的话，他们说："记者们应该将叙事技巧融入故事中，以引导读者读完整个故事。这些技巧包括实实在在地讲故事，聚焦于动作、人物和大事记。"其他报道也都遵循着同样的思路，这证明了一点，即（如一位新闻学教授所写的）"现代报刊记者必须去推销的最有销路的东西之一，似乎就是连

第三讲 街头文学与新闻塑形

贯性"。但是作为一个 30 多年来一直在参与这一进程的作者、编辑和批评家，我现在认为它比这看上去要复杂得多。俄勒冈大学的一位专门研究此类写作的教授乔恩·富兰克林（Jon Franklin）在几年前为《美国新闻评论》（*American Journalism Review*）撰写的一篇文章中总结了这一核心问题。他写道："文学性新闻（Literary journalism）戏剧性地提升了新闻工作者的责任水准。对事实与真相之间的关系并无真诚敬意的记者们却可以质疑整个行业的公信力。"

"新新闻主义"这个术语已逐渐褪色，但它影响了所有的媒体，其后果有时让人非常难堪。在 20 世纪 80 年代，《华盛顿邮报》（*Washington Post*）不得不退还了一座普利策奖，因为其获奖作品的作者编造了一个海洛因成瘾的孩子来作为她故事的中心[1]。这篇名为《吉米的世界》的文章如今在新闻史上可以说是声名

---

[1] 1980 年，记者珍妮·库克（Janet Cooke）在《华盛顿邮报》上发表了《吉米的世界》（"Jimmy's World"）一文，报道了一个名叫"吉米"的 8 岁男孩吸毒的经历。报道中说吉米从 5 岁开始便在母亲情人的诱导下吸食毒品，他生活在充斥着毒品的灰暗世界之中。该文一经发表便引起强烈的社会反响，并获得了 1981 年的"普利策奖"。然而人们却始终找不到当事人吉米。最终珍妮不得不承认《吉米的世界》是她根据几个真人真事编造出来的。

狼藉——吉米是编造出来的，虽然其中关于吉米所在地区的细节是准确的。最近，新闻叙事偶尔也会放飞自我，变成完全的虚构作品。几年前，《波士顿环球报》（*Boston Globe*）刊登了一篇感人至深的专栏文章，讲的是一黑一白两个男孩儿在波士顿的一个癌症病房里成了病友；其中一个男孩活了下来，另一个死了，而最后他们家人所表现出的善意或许能证明美国人的种族创伤总有一天会得以愈合。作为报纸的一篇专题文章，它在所有方面都堪称完美，只除了一点：当中没有一个字是真的——正如调查人员在寻找相关人士时所发现的那样。

近几十年来，在电视、杂志和报纸上发展起来的叙事新闻，被期望的已不仅仅是早先几代记者们所乐于采用的那种直截了当的报道方式。但如果说这样做更为有力，那它也更加危险——而且是以一些早期最热切的实践者和崇拜者所无法理解的微妙方式产生的危险。它提供了一个天主教会所说的"罪恶的理由"，一个做坏事的邀请。在此情况下，它就是一个把人引入歧途的机会。除了诽谤法之外，叙事新闻似乎没有不变的规则，这至少是某些在实践这一理念的记者，包括一些最有才华的记者心里的想法。在这一历史进程的后期，我才突然意识到，如果叙事新闻需要更多才华横溢的作者，那么它也需要更多警觉而多疑的读者。

有一点似乎很清楚，那就是叙事对作者所呈现出的诱惑力在其他形式的报道中并不会以同样的方式存在。叙事会采集到错误的信息，就像衣物烘干机里会堆积线头一样。零零碎碎的谣言会紧紧附着于叙事，一知半解的轶事和漫不经心的话语也是如此，它们都可能膨胀到事实的水平。作者的良心由此变得至关重要。一旦展开叙事，作者们可能会发现自己不由自主地想要改进它，想要修改现实，直到它变得更迷人、更犀利、更难忘。最老练的记者和纪录片拍摄者们能在一个流程中借用某些都市传说的特点。而在报道事实的时候，我们也常常会危险地步入虚构之境。

第四讲 破裂的现代性之镜

作为读者，每个人的个人经历中都包含着某些时刻，回想起来，这些时刻就像起始或开幕。在我十二三岁的时候，我拿起一本美国短篇小说集，无意中发现了林·拉德纳[1]的一篇名为《理发》（"Haircut"）的作品。这篇作品当时已问世近20年，却仍堪称经典。自那以后，它的光彩虽逐渐褪去，今天的读者可能会发现它过于明显而夸张，就像拉德纳的大部分小说一样。但对1945年左右的我来说，只有15页长的《理发》就是一种天启，是一把锁里正在转动的钥匙。

它让我了解了叙事的模糊性，也最早让我瞥见了两个大到值得终生去关注的主题：出人意表的叙事形式和20世纪的作家们通过扭曲叙述而激发出的能量。在文学史的早期，有时也会出现一些类似于《理发》这样的故事，但只有我们这个世纪才将它们放到了几近于文学核心的位置。也是在我们这个世纪，我们学会了以某种怀疑的眼光来看待那种迂回曲折的叙事方式，而这怀疑随着20世纪最后25年里大学的批判性研究的兴起而达到了新的高度。

---

[1] 林·拉德纳（Ring Lardner, 1885—1933），美国体育新闻记者、幽默作家，尤善短篇讽刺小说。

《理发》讲述的是一个失业的推销员吉姆·肯德尔（Jim Kendall）在密歇根州的一个小镇被枪杀的故事。叙述者是一个名叫怀特（Whitey）的理发师，他回忆起吉姆时满怀着深情。"吉姆当然是个人物"，怀特告诉我们。他还告诉我们，吉姆曾虐待他的妻儿，吹嘘自己的通奸行为，试图强奸一个拒绝了他的女人，还喜欢作弄保罗（Paul）。保罗是个年轻人，儿时的一次事故伤了他的脑子，此后他就一直没有完全恢复正常。

怀特宽容仁慈地谈到他已故的朋友吉姆："他的心肠还是很好的，只不过满肚子都是鬼点子。"怀特描述了吉姆精心设计的一个恶作剧，他用这个恶作剧羞辱了朱莉（Julie），也就是他想强奸的那个女人。这彻底触怒了头脑简单而又倾慕朱莉的保罗。后来，在一次猎鸭的远足中，保罗开枪打死了吉姆。

当怀特向我们讲述这个故事时，他似乎相信这个死亡事件是一场意外。但从拉德纳给我们提供的许多线索中，我们可以猜到，保罗就是想杀死吉姆，而作者则认为保罗是正义的代言人。

在 75 年左右的时间里，《理发》对其他小说产生了深远影响，例如比利·鲍伯·松顿（Billy Bob

第四讲 破裂的现代性之镜

Thornton)的《弹簧刀》(*Sling Blade*),这部在1996年广受赞誉的美国电影里有一些与吉姆和保罗非常相似的人物,一个类似的戏剧性情境,以及大致相同的暴力决断。但是,《理发》的主要历史价值还是在于那位理发师讲故事的方式。他是文学评论家们所称的"不可靠的叙述者"(unreliable narrator)的经典范例,这是1961年由评论家韦恩·布斯(Wayne Booth)在《小说修辞学》(*Rhetoric of Fiction*)中命名的一种现象。

不可靠的叙述者向我们展示了时代精神是如何影响故事讲述者们的作品的,而这些作品又是怎样转而协力塑造了这一精神的。在阿加莎·克里斯蒂(Agatha Christie)和威廉·福克纳、弗拉基米尔·纳博科夫、莫迪凯·里奇勒(Mordecai Richler)乃至成百上千位作家的书中都能找到不可靠的叙述者。它是这个世纪最具标志性的文学手法之一。

文明常常是以某些不易察觉的方式改变着人们的集体思维,直到我们回头对其加以审视。不可靠的叙述者就属于这种情况。大约自1900年以来,现代主义开始庆祝,或者说哀悼一切确定的、有序的和有目的的观念的终结。在文学上,现代主义背弃了在19世纪小说中占主导地位的自然主义和现实主义。它教我们要带着怀疑的眼光去看待那种直率的叙事可以道出人类生活真相的观念；它开始偏爱复杂性、戏仿、含糊性和具有讽刺意味的自我意识。在这种新的氛围中，不可靠的叙述者出现了，它成了这个相对主义时代，乃至怀疑和不确定时代的故事讲述者。在现代气质的刺激下，故事以这样一种方式分裂开来：当我们读到不可靠的叙述者的话语时，我们也在凝视着一面破裂的现代性之镜。

不可靠的叙述者有时会对读者隐瞒关键的信息；而且就像通常情况一样，叙述者也并不一定了解事实的真相，或者没法理解其中的意义。在《理发》中，怀特毫不隐瞒他所知的一切。他只是没有意识到自己口中的这个好老弟吉姆是个无赖。他并不了解自己的本性，所以他看不到自己的见解有多么狭隘和卑劣。或者在哲学语境中来说，真相在他的意识里并不在场，因为真相已被他的意识刻意屏蔽了。当然，怀特也不知道他的话会对和他交谈的人产生什么影响——比如林·拉德纳这样一个相对世故的人。在不知不觉间，怀特讲述了一个由恐怖、恶意和残缺的心灵构成的故事，这个美国荒诞故事变成了一场噩梦，而马克·吐温笔下那些和蔼可亲的小镇丑角们则变成了没心没肺的怪物。

《理发》充满了反讽意味。反讽需要一种差异性的元素，在这一案例中，我们不能忽视怀特讲故事的方式和我们理解他话语的方式之间的差异。认为作者对其角色并无恶意的想法可能会让人感觉愉快一点，但这经不起仔细推敲。一位和拉德纳同时代的著名评论家吉尔伯特·塞尔德斯（Gilbert Seldes）曾写道："拉德纳从未把自己笔下的人物'设计'成残杀的对象。他既不会嘲笑他们，也不会对他们幸灾乐祸。"对于我们欣赏和喜爱的讽刺作家，评论家们一直就是这么说的，至少也是想这么说的——然而我们说的这些话几乎总是错的。在《理发》中，拉德纳表现得像是一个愤怒而又聪明的道德说教者，他创造了一些人物，然后鼓励我们去鄙视他们。但他必须拐弯抹角地来达到这个目的。一个19世纪的小说家和讽刺作家，譬如安东尼·特罗洛普（Anthony Trollope），他会觉得用作者自己的声音直接表达对怀特的意见是最舒服的。然而到了20世纪20年代，这种道德说教就被认为是过时了，而且显得头脑简单。虽然读者们还是能带着感情回顾特罗洛普这样的作家，但他们没法接受当代作家们也像这样讲大道理。

当我和《理发》不期而遇时，我意识到（我想这是我人生中第一次）自己汲取了对同一事件的两种叙述，即虚构叙述者的叙述和作者的叙述。拉德纳是用一种他笔下的叙述者所无法理解的密码在向我述说，但仅仅用了叙述者的话语。作者和我在这个人物背后进行了接触，并且合谋反对他。

近年来，在整个西方文化中，类似于这一过程的事情正在大规模地发生——只不过是发生在评论界和学术界，而非虚构文学领域。拉德纳在我脑海中生成的这种巧妙理解已成为欧洲和北美大学里的一种普遍风格。这一套智力上的策略已发展成一种特定的思维模式，一种对所谓文学叙述的反应方式。很久以前，当我看穿了拉德纳故事中怀特的托词时，我感到相当刺激，而且在真相的理解上我也取得了一次胜利。如今也有一些类似的刺激贯串于文学评论之中，因为这些评论看似不仅隐身于小说人物的背后，也隐身于那些写下了重大虚构作品的男男女女的背后——乃至所有阅读这些作品的读者背后。几十年前，一名关注帝国主义的文学批评家可能会透过简·奥斯汀（Jane Austen）的书来一窥她是如何描述大英帝国在她那个时代崛起的。但今天，一名批评家更有可能紧紧抓住简·奥斯汀想要"掩盖"帝国扩张进程的企图；今天，简·奥斯汀将被带到文学史的被告席前，并被指控为帝国罪行的同谋。[1]

批判主义肇因于大思想家，尤其是马克思和弗洛伊德的思想遗产之上，并由此将20世纪的某些宏大的思想观念延展开来。像弗洛伊德和马克思那样的思想观念，无论我们愿不愿意相信，它们都已渗入了我们的体制之中，而且还将持续存在——即使我们有意地拒斥它们，事实上它们也塑造了我们。马克思给我们的教导之一，就是即便是我们最坚信的理念也可能只是虚假意识所产生的结果；弗洛伊德则教导我们去理解，我们所想的几乎所有事情都可能是对受阻欲望的合理化。他还教导我们，在生活的表面之下潜藏着一条地下溪流，而在这地下溪流之中我们将发现真相。

---

[1] 此处可参阅爱德华·W.萨义德的《文化与帝国主义》中《简·奥斯丁与帝国》一文。

隐藏的隧道，埋藏的宝藏：这些都是现代性的核心隐喻，这些隐喻合力将不可靠的叙述者推到了现代文学的中央。它们还准备了一种方法，让我们能通过诸如"后现代主义"和"解构主义"等术语来鉴别广泛的理念及冲动的集合。

这种话语大多是受了米歇尔·福柯（Michel Foucault）思想的熏染——包括"话语"（discourse）一词，也被他添入了成千上万知识分子的词汇表中。福柯，一位真正的原创思想家，在其他人看到自然的地方，他看到了历史；也就是说，他认为人类生活中看似显而易见且理所当然的大部分东西都是人类自己创造的，从疯癫的概念到作为生活中心的性观念都是如此。在他去世15年后，他仍然是一位不可忽视而又让人叹为观止的无畏思想家。他的工作成果之一就是将包括文学史在内的所有历史都简化为权力的冲突。那些把福柯视作大思想家的人，可以花很多时间在文学中寻找压迫的证据。福柯相信，我们首先是各种历史力量的产物，任何权力的形式——甚至最民主的权力——都只不过是一种战争的表现形式。他写道："政治斗争，权力冲突……力量关系的反转……是不会产生'国内和平'（civil peace）的……在一个政治体系中，所有这些现象都只应被理解为战争的延续。"在福柯看来，人类寻求从压迫中拯救自身的教育机构，其本身就是一种妄想，是把我们所有人关进笼子里的计划的一部分。"权力产生知识，"他写道，"没有一种权力关系是不需要某种知识领域的相关体制的，也没有任何知识不同时被假定和建构为权力关系。"福柯以及受他影响的许多学者都开始相信，文化本身就是一种另辟蹊径的政治。

文学当然有政治的一面，但后现代主义认为它本质上就是政治性的。的确，关于书籍，没有什么比它们的政治性更加重要了。像弗雷德里克·詹姆逊（Fredric Jameson）和斯坦利·费舍尔（Stanley Fisher）这类追随福柯的批评家基本上都把文学视作压迫的证明。他们把对权力的怀疑变成了妄想症一类的东西。要用这种眼光来审视故事叙述的话，只消一会儿，整个文学史大概都要变成一场骗局了。事实上，当代批评好像想说，那些几百年来得以侥幸逃脱的文学罪人们都必须被揭露出来。教授和学生们都变成了警官；批评家们组成的特警队来到了文学的门前，然后说，举起双手走出来，你们隐藏的意图已经清楚了。就像侦探一样，一名后现代批评家最幸福的时刻就是找到了被掩盖的证据之时——例如，当你证明自己发现了潜藏在查尔斯·狄更斯对女性生活的伤感叙述背后的性别歧视之时。在这类批评中，对作者的裁决通常都是被判有罪。英国小说家、教师马尔科姆·布拉德伯里（Malcolm Bradbury）直截了当地说："解构主义者们已经证明了，文学是被那些完全错误的人出于完全错误的原因写出来的。"

后现代批评背后有很多原则，但只有一条规则是始终适用的：当一本严肃的著作被翻开，混沌的思想乌云从中升起并笼罩着读者之时，批评家就有责任驱散这些乌云，让智慧的阳光照射进去。后现代批评家想要揭开文学的神秘面纱，质疑它，拆卸它，审问它，解构它。这不仅仅是一种智力上的练习：它还是一种对真理的诚挚探索，而这探索将使我们获得自由。道德热忱也在这个领域里生机勃勃，丝毫不受谦逊或不安的束缚。评论家们以一种想要证明真实价值的名义，来攻击那些他们认为是虚假的价值。也许这种探索大多只是误入了歧途，也许它只是偶尔提供了一小块真

第四讲 破裂的现代性之镜

理矿藏。但这确实是一种探索。20世纪90年代初,加拿大评论家迈克尔·基弗(Michael Keefer)就清楚地阐明了这一宗旨:"那些揭露文学创作或解释行为背后的社会束缚与权力结构的批评模式,都具有一种明显的解放工具的潜力。"

法国哲学家雅克·德里达(Jacques Derrida)在开创后现代思想方面的贡献不亚于任何人。他教导人们,一种文学作品——或者用他的话说就是"一种文本"——并不存在唯一正当的含义,因为语言是脱离了作者的意图而自由流变的,有多少读者就会有多少解读方式。作者的初衷可以纳入考量,但在分析或教授一部文学作品时,这只是众多考量因素中的一项而已。

后现代批评不会因为文学价值上的考量而偏离其职责。一个作家对语言的运用、情感的深度、叙述的力量、独创性、结构、同情心——这些并不一定是值得钦佩的品质,反而或多或少与批评家的真正兴趣不相干。理论家主张理论有权挑战和揭露作者所写的任何东西。后现代主义想要反对威权主义,但它又常常有一种威权主义者的感觉:阅读后现代主义的作品就像聆听训令，或阅读教皇的法令。这无疑是福柯的文风所产生的影响。后现代批评家是反对压迫的，这点毫无疑问，但他们的作品也有可能变成一种压迫，一种思想控制的形式。这当中有一条严格的政治路线：左翼的社会观点几乎从一开始就已经假定好了。这给文学理论带来了方向感和使命感，但同时也让那些不接受激进社会观点的人深感恼火。在那些最糟糕的日子里，后现代主义将文学简化成了一个可以贯串各种话语模式的场所，并主要以作家为范例来支撑其有关权力关系、社会、历史、种族主义、性别歧视等方面的理论。而在最好的情况下，它开辟了一些认知的新途径。

罗兰·巴特（Roland Barthes），也许是和后现代主义紧密相连的最才华横溢的杂文家了，他证明了这类思考能引发出对从葛丽泰·嘉宝（Greta Garbo）到东京市的一切事物的洞察力。而另一位后现代领域的伟大探索者翁贝托·艾柯（Umberto Eco）的小说《玫瑰之名》（*The Name of the Rose*）中有一个人物说道："书籍本就不是为了让人相信的，它是要经受质询的。"这看似合理，但后现代主义有时也会将我们引向一条看待叙事和文化的歧路。

艺术上的现代主义是一种反叛，是各式各样的激进观念，但它并不断言文学具有内在的压迫性；它相信自己的艺术观和人生观具有普遍的价值。而另一方面，后现代主义则认为，普遍主义者的思想压迫了那些不接受主流价值观的人——当我们说我们无权将自己的道德强加于其他文化时，我们默许了这一观念。现代主义是有权威的：它的假设和它所反对的传统一样，都是权威性的。它用一组伟大的艺术家取代了另一组伟大的艺术家，后现代主义则怀疑伟大的艺术家能否存在或是否应该存在，甚至怀疑伟大的艺术本身是否存在。

后现代主义者们有一个最普遍的共识，即叙事是一种欺骗。世界不是一个由各种开端、结局和中间部分组成的地方，或者说不是一个具有连贯性的地方——如果叙事以这种方式编排世界，只为了讲一个故事，并以此与受众交流，那么叙事就是在撒谎。如果我们坚持要转向虚构，那么它必须完全是自觉的，而且必须不断提醒我们它确实是虚构的。

后现代主义创造了一种基调或情绪，多伦多大学的琳达·哈钦（Linda Hutcheon）对此做了最好的总结。如她所言，后现代主义"采取了一种神经过敏的、自相矛盾的、自我贬损的表述形式。这有点像在说话的同时，又给自己说的话两边加上否定性的引号……后现代主义的独特之处就在于这种信奉双重性或两面性的批发式'找碴儿'"。

她说的这些话，好像不仅在形容一种当代的思维方式，也在形容某些写于20世纪早期的关键性书籍，尤其是运用了不可靠的叙述者的那些书。如果我们把哈钦这类近期的批评和某些早期现代文学作品放在一起加以考量，一些引人注目的关系就开始显现了。仿佛不可靠的叙述者就是为了满足后现代主义"神经过敏的、自相矛盾的、自我贬损的"想象而发明的。最完美的例子是出版于1915年的福特·马多克斯·福特的《好兵》（*The Good Soldier*）。

在《好兵》中，向我们说话的那个人被称为"经典的不可靠的叙述者"。故事的主人公是两对生活优渥的夫妇，一对是约翰和弗洛伦斯·道威尔（John and Florence Dowell），美国人；一对是爱德华和利奥诺拉·阿什伯哈姆（Edward and Leonora Ashburnham），

第四讲 破裂的现代性之镜

英国人。这四人在世纪之初成了朋友,那时他们正在德国的温泉疗养地和法国的里维埃拉酒店里享受着差不多是永恒的假期。这都是些有特权的人,特权之一就是偶尔的出轨,但这并不是福特·马多克斯·福特的关注点。他的这本小说是一部让人入迷的极具可读性的作品,同时也是一次对认知的探索:借助台词的言外之意乃至台词本身,《好兵》提出了若干难解的问题。我们到底能知道多少对我们来说很重要的事?我们该怎么知道?我们是不是被一种关于我们是谁的狭隘而错误的视角限制住了?

《好兵》的故事涉及通奸、精心设计的骗局、两起自杀事件、某个陷入永久性精神失常的人,以及一些乱伦的暗示;但这些事件,包括那两起死亡事件基本都发生在幕后,而且某种程度上几乎都是偶然发生的。这是因为《好兵》的真正行动都发生在叙述者约翰·道威尔的心里。这部小说之所以成为现代生活的重要文本,是因为约翰的心灵写照就是寻求认知。对于正在发生的事情,他比其他所有人知道的都更少——例如,他相信自己的婚姻一直都不圆满,因为他的妻子有心脏病,然而事实上她没有;他也不知道她是爱德华·阿什伯哈姆的情人。约翰了解最少的或许就是他自己了;当然,他似乎也完全忽视了自己对爱德华感情中同性恋的一面。事实上约翰有点傻里傻气的,好像不知道自己什么时候就会自相矛盾。一开始他不但在欺骗我们,也在欺骗他自己,然后很快我们就学会了不要相信他。他在书的开头说道:

> 这是我听过的最悲伤的故事。我们和阿什伯哈姆夫妇在瑙海姆镇相识已有 9 年了,我们非常亲密——或者不如说,我们之间是一种轻松随意而又亲近得像是手和手套一样的熟人关系。我和我妻子已经尽可能地去了解阿什伯哈姆上尉和他的夫人了,但在另一重意义上,我们对他们还一无所知。

所以一方面,他想让我们相信他们这两对夫妇是亲密的好友;而另一方面,他又跟我们说他们不是。就在他用这种自我抵消式的论调来讲述他们之间的关系时,他撒了谎。因为(正如我们最终将会发现的)道威尔家的弗洛伦斯对阿什伯哈姆家的爱德华非常了解。当然，这种无知，这种理解上的不足，正是作者让约翰成为叙述者的原因；也是让《好兵》焕发出这种最令人困惑的现代气息的原因。

通过约翰对我们说的话，福特将自我怀疑提升到了一种文学风格的水平。而我们也逐渐意识到我们看到的是比个人的自我怀疑更大的东西。福特所应对的是对欧洲文明的质疑。约翰·道威尔承认，我们可能会疑惑他为什么要写下这一切。他说，那些目睹了灾难的人，比如目睹了某个城市被洗劫一空或整个民族被毁灭的人，通常都会把自己看到的东西记录下来，只为了造福苍生——或者如他所说，是为了"无限遥远的后世子孙们"。

书中有很多类似的暗示：福特的目的是为一个新的历史时期创造一种新的叙事形式。18世纪和19世纪的老叙事技巧对一个更有自信的世界还是合适的，这个世界的某些真理是共通的；但在福特所寓居的这个世界，即我们大多数人现在生活的这个世界里，那些真理或饱受质疑，或已被无情抛弃了。当约翰告诉我们他也不知道自己故事的意义时，他某种程度上就是在为欧洲文明代言，在这本书出版的那段时间，即

1915年,欧洲文明在一场吞噬了一切的战争中将自身撕得粉碎。

《好兵》预示了一个讲故事的全新时代,在这个时代里,反讽的经典形式将成为一个中心元素,有时甚至是唯一的中心元素。《好兵》是那些只会用反讽来看待世界的小说和电视节目的原型之一。即便是这个书名也带有反讽意味——爱德华·阿什伯哈姆上尉虽然在英国陆军任职,但他不大像个军人,当然也谈不上好。或许这个书名也涵盖了叙述者约翰,某种意义上他是个"好兵",永远低着头,很少提问,无论别人对他做了什么,他几乎都能容忍;他就像一个被白痴所掌控的军队里的新兵,不管怎样,他都要向前艰难地跋涉,去打一场他说不出理由因而也无法理解的战争。

虽然约翰·道威尔活在一部层次较高的文学作品中,但不可靠的叙述者在通俗小说中也过得相当舒坦。1926年,在阿加莎·克里斯蒂(Agatha Christie)的《罗杰疑案》(*The Murder of Roger Ackroyd*)中,不可靠的叙述者以詹姆斯·谢泼德医生(Dr. James Sheppard)的形象隆重登场,这是阿加莎·克里斯蒂借用她的比利时侦探赫尔克里·波洛（Hercule Poirot）为主角的42本书中被谈论最多的一本。这也是她最具颠覆性的一本书，因为它对英语流行小说所依赖的一个主要角色类型蒙上了一团疑云——在接下来的几十年里，克里斯蒂在她的大部分小说中都使用了同样的角色类型。

与此同时，阿加莎·克里斯蒂采用了20世纪文学的手法（虽说还只是一种机械的方式），注入了所有通过文学来侵蚀理性自信习俗的力量，而这种习俗正是18世纪以来的文化基础。克里斯蒂有条不紊地背叛了读者的期望，她找到了自己对弗洛伊德式观念的表达方式，而这观念最终成了这个世纪的纲领性口号，我们可以将其意译为"事物从来都不是它们看起来的那个样子"。

《罗杰疑案》中的这位不可靠的叙述者似乎在书中的大部分时候都是极为可靠的。如果我们把这部小说理解为对一个凶手的扭曲心灵的探索，那么我们只能追溯。谢泼德医生绝不是约翰·道威尔，其自相矛盾从第一段开始就显而易见。他表面上是一位诚实的全科医生，和姐姐卡罗琳（Caroline）住在一个名叫金艾博特（King's Abbot）的村庄里。他的语调表明他是那种明智、安静、和蔼的英国人，对自己做的事得心应手，很容易被蠢人利用，但又对那些缺乏自己判断能力的人很宽容。他发觉姐姐想把她的独特判断当闲话往外传时[1]，他就尽量不向她透露有关自己病人的更敏感的信息了。

谢泼德医生告诉我们，当地的一名妇女，即费拉尔斯太太（Mrs. Ferrars）的丈夫不久前刚刚去世，而她自己恰好也突然死亡了。他描述了一下她的朋友罗杰·艾克罗伊德（Roger Ackroyd）的情况，他是村里的富翁，有一栋豪宅。此后他遭人谋杀，而谢泼德医生向我们讲述了其中的细节，虽然省略了一小部分。然而，就是这一小部分才至关重要：是谢泼德医生一直在敲诈费拉尔斯太太，因为他知道她毒死了自己残忍的丈夫；也是谢泼德医生在艾克罗伊德即将得知真相时杀害了他。谢泼德博士并没有直接对我们撒谎；他只不过省略了最要命的信息。

不过有个名叫赫尔克里·波洛的人搬到了隔壁。他和谢泼德医生一起调查了各色各样的嫌疑人——艾

---

[1] 卡罗琳脑筋灵活，判断力极佳，而且喜欢让用人外出打探消息或传播流言。

第四讲 破裂的现代性之镜

克罗伊德的继子,一个在房子附近被人瞥见的陌生人,甚至包括管家和女仆。然后在这本 306 页的书的倒数第 9 页,波洛指控谢泼德医生是凶手,并给了他一个自裁的机会,因而谢泼德医生就花了一个晚上写下了他的案情陈述,之后我们可以相信,他服下了剂量足以致命的毒药,而他的面子和家族的好名声也由此得以保存。

《罗杰疑案》也许是克里斯蒂的作品中最戏谑的一部,也是评论家们最常谈论的一部,有时他们自己也会用戏谑的方式来回应这部作品。1998 年,皮耶·巴亚德(Pierre Bayard)——这位曾论述过自居伊·德·莫泊桑(Guy de Maupassant)和马赛尔·普鲁斯特(Marcel Proust)以来各类文学谎言的巴黎评论家——出版了一本引人注目的书——《谁杀了罗杰·艾克罗伊德?》(*Qui a tué Roger Ackroyd?*)。这是一部戏谑性的后现代主义作品。该书将克里斯蒂的诡计延伸到了另一个层次,试图证明罗杰·艾克罗伊德实际上是被赫尔克里·波洛本人杀害的;波洛显然比我们想象的要狡猾得多。巴亚德只用了书中给出的事实,就推断出是波洛让谢泼德医生相信自己有罪,然后通过某种潜意识的暗示说服他写下自白书并自杀。就这样，巴亚德让谢泼德医生的不可靠性增加了一倍——第一次是他隐瞒自己是凶手的时候，第二次则是他跟我们说他是凶手的时候。

我们发现那些散布于 20 世纪的文学作品中的不可靠的叙述者，通常都出现在那些被视为一个时代之文学想象中心的小说里。1925 年，弗朗西斯·斯科特·菲茨杰拉德（F. Scott Fitzgerald）透过尼克·卡拉韦（Nick Carraway）的眼睛讲述了《了不起的盖茨比》（*The Great Gatsby*）的故事。而卡拉韦，这个偶尔也能进入圈内的圈外人发觉自己所讲的故事让人十分费解。卡拉韦没有对我们说谎，但在小说的发展过程中，他从一种随和的无知慢慢变得对那些充满魅力又轻佻自私的故事主角有了一些粗浅的理解。四年后出版的威廉·福克纳的《喧哗与骚动》（*The Sound and the Fury*）中，不可靠的叙述者的角色分裂成了三个声音，也就是康普生（Compson）家的三兄弟，他们各自讲述了胞妹卡迪（Caddy）以及她草率而无爱的婚姻故事。兄弟中第一个讲述的是班吉（Benji），他有严重的智力障碍，完全不知道发生了什么——这在一定程度上解释了为什么标题要引用《麦克白》中的字句:"生活是……一个白痴讲述的故事,充满了喧哗与骚动,却毫无意义。"第二个讲述的是昆廷(Quentin),他很聪明,却被家族荣耀的幻想和对妹妹的乱伦情感蒙蔽了双眼。第三个讲述的是贾森(Jason),他是个小偷,也是个骗子。

最近,石黑一雄(Kazuo Ishiguro)在《长日留痕》(*The Remains of the Day*)中,把一栋英国豪宅中的男管家当作了他的不可靠的叙述者。史蒂文斯(Stevens),这个在电影中由安东尼·霍普金斯(Anthony Hopkins)扮演的角色写下了一本自命不凡的辩护性手稿,不言而喻,他是想表达一个有尊严的男人应该如何表达自己的想法。史蒂文斯不知道自己是个势利之徒,不知道自己的情感已被埋葬,也不知道自己对主人忠心耿耿且无条件的服从有什么不对的地方。有些时候,我们可以看出小说的主题就是史蒂文斯的意识。石黑一雄想让我们看到,史蒂文斯错过了他能过上丰富的情感生活的唯一机会,同时也因为服务于一个纳粹的同情者而虚掷了自己的职业生涯。而就在我们观看的同时,史蒂文斯也对此有了一些领悟。

1997年出版的小说《巴尼的人生》(*Barney's Version*)中也有一个不可靠的叙述者,这部小说是莫迪凯·里奇勒的诸项事业成就之一,讲述的是一个憎恨自己的电影制片人巴尼·潘诺夫斯基(Barney Panofsky)写下了他所谓"我荒度一生的真实故事",其中不乏对自己本性和处境的了解。他的不可靠有一个更为感人的原因:阿尔茨海默病折磨着他的大脑,一点点侵蚀着他的记忆,时不时地删掉脑中的几个词,甚至可能是一两个关键的场景。他犯了很多错,而这本书就这样带着他学究气的儿子迈克尔·潘诺夫斯基(Michael Panofsky)写的脚注和编后记出现在了我们面前。就在迈克尔发现巴尼人生中最可怕的事件——他曾被指控犯下谋杀罪——之前,巴尼彻底丧失了记忆,但在这件事上,巴尼是一个可靠的叙述者,他说的全是实话。

像巴尼这样的人生,只有通过崭新的方式运用各种熟悉的叙事模式才能凸显其重要性。这就是叙事传统的强大力量:赋予原本杂乱无章的事件以意义的能力。小说家多丽丝·莱辛(Doris Lessing)在1998年的一次会议上评论道:"我们重视叙事,因为叙事模式就存在于我们的大脑之中。我们大脑的运行模式就是为讲故事的而设的,是为连贯性而设的。"但她在批评当代大众文化时也指出,这种模式正在被打破,现在大部分文化都仓促而零碎地出现在我们面前,无论书籍、电影还是电视节目都是如此。她在自己周围看到了传统叙事的崩塌,而她正是在这种至今仍被视为文明生活之基础的传统叙事中长大的。在同一次会议上,纽约的一名文学教授莫里斯·迪克斯坦(Morris Dickstein)和她展开了争论,内容如下:"事实是整个世界都在加速……所以凭什么……那些在某种程度上反映了这个世界的生活节奏的媒体和文学就不应该加速呢?"

迪克斯坦似乎认为莱辛的观点完全是建立在怀旧的基础上的。他承认,我们中的一些人可能很难适应,但他也指出,从现代文学的最早期开始就有人抱怨文学被中断了;他以詹姆斯·乔伊斯(James Joyce)的《尤利西斯》(*Ulysses*)为例,这本书就是因为这个理由而受到了广泛谴责,而现在《尤利西斯》已经被安置在文学的伟大传统中了。他说老旧的前现代叙事"并不能真正反映出我们在 20 世纪所体验到的这种生活节奏"。

今天,无论在哪里出现"叙事"这个词,都会引起这种争议。在我看来,在这种情况下,双方都是对的,也都是错的。莱辛说得对,我们离不开叙事,但她的错误,我认为在于她相信叙事正从我们周围的世界中消失;迪克斯坦说叙事的形式在不断变化,这是对的,但认为传统叙事失去了可靠性,这就错了。迪克斯坦发言之后,多丽丝·莱辛说,她知道自己如果提到叙事就肯定会惹上麻烦。这就是她承认后现代思想最近已获取了巨大力量的可悲方式:她觉得表达自己最珍视的一种信仰,一种她与之亲密相处了五六十年之久的东西,已经变得有点危险,可能也有点老派了。她是对的。今天很少还有学院派批评家会对平铺直叙的叙事方式说一句好话。甚至在文学刊物的记者中,对老派"好读物"的赞许如今也通常是用相当羞怯而谦卑的措辞来表达的,就像在为皇室或鼻烟辩护一样。

后现代主义的敌人们喜欢说这些理论已经开始过时了,但如果我们看看文学期刊、大学出版物,或大学的课程,这种一厢情愿的想法就不攻自破了。在过去 30 年里，这类观念在文化界的大部分领域都赢得了合法性。它们的影响力已经远远超出了后现代主义氛围最浓厚的那些大学。

后现代主义已牢牢扎根于大学之中，而且有时好像还会颠覆很多人想象中大学的功能。以前我们可能会恳请教授们把那些难解的作家变得对我们来说容易理解一点，现在他们却把容易理解的作家变得难解，把他们变成了谜题，把他们淹没于一层层咄咄逼人的难解黑话和祭司式的理论中。没有一部文学作品不能被后现代批评家们弄得更加晦涩难懂。在他们手中，故事打一开始就变成了一种精巧复杂的文化舞蹈，而其中的舞蹈编排只有批评家和老师们才能理解。

批评家是怎样应对后现代主义者的呢？谨慎、怀疑，再加上强烈的好奇心。后者离谱的假设和荒谬的要求有一个长处，就是可以给文化论争注入新鲜的活力，而那些信奉后现代主义的教授也获得了某种魅力。我喜欢他们笨拙的愤怒，也喜欢他们那种在文学研究界已摇摇欲坠的信念——这一信念正在消逝，直到他们的到来。我喜欢他们那种带着不信任感来挑战叙事的方式。我喜欢他们的傲慢，虽然我不希望他们这么轻易地把这种傲慢教给他们的学生。我还喜欢他们的使命感。后现代批评家以为我们大多数人都为文学所陶醉和迷惑,被锁在无知的城堡里,就像被邪恶的巫师迷住的无辜少女一样,等待着王子的拯救。

即便这仅仅是一个童话故事,后现代批评家们要求我们把文学当成谜题来对待也并不总是错的。约翰·班维尔(John Banville)的小说《证词》(*The Book of Evidence*)中有一段话,揭开了这个问题的一角。班维尔笔下的叙述者不仅不可靠,而且明显是个疯子,同时还是个杀人犯。但正是出于他的疯狂(如果真是如此的话),他对叙事性阅读的评论才会显得如此新颖而尖锐。他显然不太喜欢不可靠的叙述者,他们只会让他感到紧张和不确定。他说:

> 如果我读到了什么内容……并且对此满心认同,之后却发现自己完全误解了作者所说的话,我实际在这件事上摆了个大乌龙,那我会强迫自己在一瞬间来个彻底的转变,快得就像闪电一样,然后对另一个自己,也就是我心里那个严厉的警官说:"作者说的都

第四讲 破裂的现代性之镜

是对的，我从来也没有过别的想法……"

也许这就是些疯言疯语——然而在我看来，似乎除了那些最博学或最愚钝的读者之外，所有人都曾偶尔体验过这种感觉。我当然也经历过这种事。这是一种被自己发现的隐秘耻辱，接着就是偷偷更新那些让我们意识到自己并不像自己想的那么聪明的知识。

弗拉基米尔·纳博科夫的一部作品——《微暗的火》（*Pale Fire*）很可能也会引发出班维尔笔下那个疯子的感觉，这本小说把我们这个世纪由讲故事所引发的许多重大问题汇集到了一起。在他这本不可靠叙述的杰作中，纳博科夫挑战了讲故事的局限，像操纵叙述者一样愉快且富有想象力地操纵着读者。纳博科夫曾经说过："你可以越来越接近……现实，但你永远也够不上它，因为现实的步调是无限延续的，有各种认知的水平，各种虚假的尽头，因而……可望而不可即。"他总结了生存的谜题之一，也就是在这样一个时代，我们这些大多已经放弃了正统的宗教解释的人，发现得想个办法来创制一种对世界的个人化理解。《微暗的火》，这个由非常可疑的人物讲述的非常可疑的故事，是纳博科夫试图穿透所有神秘层次的一次最不懈的尝试。

《微暗的火》自1962年问世以来，一直困扰着读者。也许它最初的吸引力在于一位伟大小说家精湛技艺的顶级展示，但如果我们对它有所了解，我们就会明白这当中还有更为关键的东西。这本书鼓励我们以不同的角度和出人意料的方式去深入思考身份、记忆和历史想象力的问题，这些都是讲故事的关键；它还要求我们仔细地观察一个叙述者的焦虑，这位叙述者有一个故事必须马上讲出来，尽管有时他好像也怀疑故事的可靠性。

纳博科夫的读者们正确地预见到，我们将有幸为自己揭示出故事的许多方面。他恭维我们，认为我们可以跟随他的线索，然后——也许——我们可以自己去理解故事的意义。20世纪60年代，当我第一次以评论家的身份读到这本书的时候，我的感觉和我在青少年时期读到林·拉德纳的《理发》时的感觉很像。我又一次体会到作者和我在叙述者的背后对话的感觉。纳博科夫把这种体验变成了一种高度成熟的游戏形式。

第四讲 破裂的现代性之镜

《微暗的火》就像异国的风景一样徐徐展开。当纳博科夫把手稿寄给他的出版商的时候，他写了一张便条附在上面："我相信你会陷进这本书里，像陷进一个坚硬的冰窟里一样，倒抽一口冷气，又再次下陷，然后……浮起来坐雪橇回家，打个比方的话，那就是你会从我一路精心设置的篝火中感受到刺痛和令人愉快的温暖。"这些词句，实际是纳博科夫对这本书的所有读者说的。

与纳博科夫的许多著作一样，《微暗的火》关注的是身份危机，一系列的身份危机。我们可以理解他为什么这么频繁地选择这一主题。在一个更宏大的层面上，纳博科夫经历了20世纪所特有的各种颠沛流离。他从俄国搬去柏林并重建自我，不料在德国被纳粹夺去了未来。最终，他在美国定居下来，并且学着写出了大师级的英语——而且从他用英语写作开始，他就一直在把自己生活中的各种元素倾注到他的故事之中。他在20世纪最伟大的自传之一——《说吧，记忆》（*Speak, Memory*）中传达出了一些对颠沛流离生活的最诗意的回应。其他的一些观察则是通过他的小说来间接传达的：例如，他对自己所侨居的美国的公路文化的强烈兴趣就为他最受欢迎的书《洛丽塔》(*Lolita*)增色不少。而在许多其他的著作中,他又引领着读者去感受移民们所特有的不确定感,在新世界的漂泊,承受失败、孤独和贫困的威胁,甚至如果他们不能冷静地接受自己的命运已被彻底改变的话,那还要承受疯狂的威胁。

在处理这些主题时,不可靠的叙述者可以提供一系列的可能性,而纳博科夫在《微暗的火》中就巧妙地运用了这些可能性。他这个(某种程度上可以发生在任何地方的)故事发生在一个类似于纳博科夫任教的康奈尔大学(Cornell University)所在的纽约伊萨卡(Ithaca)那样的大学城里。他告诉我们,一位住在那儿的诗人约翰·希德(John Shade)被谋杀了,他生前留下了一首999行的诗,其中最感人的高潮是他女儿的溺水自杀。一名认识约翰·希德的学者查尔斯·金波特(Charles Kinbote)已经为这首诗写下了一篇评注和若干脚注,又加上了一篇索引,所有这些合在一起就构成了这个故事。在这里,叙述者金波特的不可靠性正是这部小说的真正手法。

小说中最明显的讽刺体现于金波特对自己在大学

第四讲 破裂的现代性之镜

社区中地位的看法和我们读者对其地位理解的差异上。他视自己为已故诗人约翰·希德的密友,但我们看得出希德仅仅在容忍他,虽然也许是出于善意。纳博科夫在此毫无自怜地描述了他在美国必定体验过的一些感受——一个有些名望的男人,被简化成了一个让很多人都觉得古怪而边缘的形象,甚至可能由于他说英语时的口音还显得有些滑稽。但比这些更重要的是,我们很快就意识到,金波特不仅不可靠,他还是个精神病。

金波特想让我们相信希德的诗实际上与他的女儿无关,而与一个遥远的北方王国,即金波特的故乡赞巴拉(Zembla)的若干事件有关。最后,金波特把他自认为在那里发生的"真实故事"悄悄告诉了我们——他就是赞巴拉被废黜的国王,希德的真爱,隐姓埋名地生活在美国的一名谦卑的教授。不仅如此,他还想让我们知道,希德是被错杀的:凶手是赞巴拉派来暗杀金波特的一名刺客,而在枪击发生时,金波特恰好正走在希德旁边。

就在纳博科夫让我们明白了这个故事有多么可疑,并指出了这一叙述中的缺陷之时,他又使出了老套的悬疑手法。纳博科夫想要左右互搏：他一边给金波特故事的可信度打折扣，一边又请求我们"自愿地搁置疑心"，这曾被柯勒律治（Coleridge）称作阅读故事时的必需品。纳博科夫通过不时地运用各种悬疑电影和小说的标准机制，比如在查尔斯·金波特和赞巴拉激进分子派去暗杀他的杀手的旅程之间来回切换，他最终奇迹般地完成了这一任务。当然，就像一名惊悚小说的作者一样，纳博科夫也尽可能地拖延了悬念。

而在叙述者的背后，作者传达的信息迅速地流向了读者：纳博科夫告诉我们，金波特疯了，这是被迫流亡的人所特有的疯狂。金波特被流亡海外和定居他国的创伤压垮，以至于重新想象并公然传奇化了自己的一生。但这当中的不可靠性还有另一个层面：纳博科夫似乎在暗示，这首诗和评注都是约翰·希德自己写的。而在更深的层面上，金波特和他的故事看似都是由一个名叫 V. 波特金（V. Botkin）的疯狂的俄罗斯流亡者所创作的。

在末尾处，真正的作者纳博科夫以前所未有的方式讲述了一个充满柔情和谅解的故事。他带领我们去了一些我们可能从未造访过的感人之地,引导我们穿过了各种极富教益的意义迷宫。他向我们展示了又一种可以加深我们对周遭世界理解的叙事方式——一种虽复杂却有回报的方式。

《微暗的火》的声望与日俱增;它证明了所有在20世纪试图寻找新的叙事方式的作家里,没有人比弗拉基米尔·纳博科夫更了解叙事的无限资源了。而最近几年,这本书就像所有的伟大著作一样逐渐发生着变化,它获得了一种新的魅力:它好像是在充分认识到了文学和叙事在20世纪末将如何被后现代批评所理解的基础上写出来的,然而其中的大部分批评都是纳博科夫坐下来写作这部名著时所难以想象的。

第五讲 怀旧、骑士精神与梦的循环

当莱昂纳多·迪卡普里奥（Leonardo DiCaprio）站在泰坦尼克号的船头欣喜若狂地对着海风大喊"我是世界之王！"时，他已经凭着这个我们大多数人自小就谙熟的角色赢得了观众们的心。杰克·道森（Jack Dawson）曾一度被人们俗称为浪漫英雄。批评家们用"浪漫"这个词将那种多愁善感而又多少有些命中注定的叙事形式与其他形式区分开来；但我们现在已经不怎么需要它了，因为浪漫已经变得如此普及，以至于除了彻头彻尾的喜剧之外，这个词几乎涵盖了大众文化中的所有事物。值得注意的是，在杰克·道森站上船头之前，他就已经展现出了浪漫故事中的一个关键元素：他俊美的外形、他的口才，以及他精神上的高贵，赢得了一位通常不会接受他的千金小姐的心；他仅凭一次引诱就向上跨越了几乎六个社会阶层，这一成就载入了叙事的历史。故事结束前，当男女主角漂浮在大西洋冰冷而黑暗的海面上时，杰克将表现出他的高贵，平静地接受自己的死亡，他为这个金发女人献出了自己的生命，所求的不过是让她为了他们的爱情而永远不要放弃生命。他最后那番让1997年的数百万观众热泪盈眶的话，对一个世纪前的戏剧观众和小说读者来说其实早已耳熟能详了。

那些享受大众文化叙事的人——亦即我们这数十亿人——都会依靠一些标准来选择自己想要阅读或观看的内容,然而这些标准却包含了一些悬而未决的矛盾。我们这种普罗大众都需要能让我们大吃一惊的角色,但我们也希望他们有和我们近似的感受——归根结底,这就是我们说一个角色有人情味时想表达的意思。我们想要原创性,但我们又不太喜欢那些让自己完全措手不及的东西。我以前认识的一位建筑师曾经抱怨他的雇主,说他们会明确地表示自己喜欢创新,但又不想做第一个吃螃蟹的人。我们也一样。作为受众,我们能接受陌生而异常的环境设定,但是故事在那里一经展开,我们还是想要舒服的感觉。角色可以生活在其他世纪,或造访遥远的星系,但我们希望他们对我们喜欢的笑话也能开怀大笑。最重要的是,我们想让情节按照我们一直以来所认可的那种方式来制定,有男女主角,有恶棍,也有我们可以拥护的一方。

我们的品位可能会让那些希望在大众媒体上获得成功的艺术家们感到沮丧,但好像也没什么办法改变我们。我们可以借沃尔特·惠特曼(Walt Whitman)

第五讲 怀旧、骑士精神与梦的循环

的话来说,如果你指责我们自相矛盾,那就随它去吧:我们不只像他所宣称的那样包罗万象[1],我们就是万象。我们想要的明显就是一种新奇和熟悉的混合物,故而为大众文化打造的叙事看起来常常会有些怀旧感,甚至在它们从工厂里新鲜出炉时也是如此。

从某种意义上说,给大众讲故事的历史是沿着一条直线在发展的,这是一个技术发明不断更迭的过程——首先是小说,然后是电影,然后是广播,然后是电视,最近则是互联网。但这描述的还只是媒体和使媒体成为可能的产业。如果我们暂时忽略科技,仔细想想故事和主题,会发现大众文化似乎围绕着同一条轨迹在无休止地循环,在这条路径上,我们一而再地在一些差不多的故事里碰到相同的人物。这是一条很好的通则,即一部大众文化作品越成功,它就会越符合我们祖父母之间亲密关系的模式。

因此,当杰克·道森在《泰坦尼克号》中勇敢地向他的爱人告别时,没有一个人,包括那种最刻薄的

---

[1] 出自惠特曼《草叶集》(*Leaves of Grass*)中的《始自巴门诺克》(*Starting from Paumanok*)。原句为:我自相矛盾吗?那就让我自相矛盾好了,我辽阔广大,我包罗万象。

愤世嫉俗者,乃至一个怀着厌烦和嫌恶的心情来观看这部电影的挑剔影迷,会对杰克所做的决定产生丝毫的惊讶或怀疑,考虑到支配着他和我们的生活习俗,他所做的一切都显得合理而正确。

毕竟观众中的每个人,无论男女,都做过几乎一样的事。或者更确切地说,我们会想象自己在适当的情况下也会这么做;当然,我们在自己的梦中也做过类似的事,因为支配着杰克行为的那种幻想和英雄主义的传统也潜伏于我们的梦中。艾琳·惠特菲尔德在她所写的玛丽·皮克福德传记[1]的结尾提醒我们:"电影及其在动态影像领域的表亲——电视——主宰了我们的生活。它们影响了我们看待自己的方式,我们过滤现实的方式,乃至我们做梦的方式。"

如果像杰克这样的故事出现在了我们的梦中,那是因为自 1819 年以来,无论在陆地还是海洋上,在英格兰的森林、美国的沙漠或是日本的稻田里,都有类似的故事,它们以千变万化的形式,由或好或差的

---

[1] 传记作家艾琳·惠特菲尔德(Eileen Whitfield)在 1997 年出版了一本关于加拿大女演员玛丽·皮克福德(Mary Pickford,1892—1979)的传记,即《皮克福德:打造了好莱坞的女人》(*Pickford: The Woman Who Made Hollywood*)。

第五讲 怀旧、骑士精神与梦的循环

艺术家们讲述了无数次。在所有我们可以选作大众叙事奠基年的年份里，1819年是最有资格当选的。当在讲过和听过的故事里寻找那些始终贯串于其中的主题的起源时，我们多半会发现，这些主题在不断地退回到过去，它们的源头变得越来越昏暗晦涩。但是，在我们以浪漫故事为主导的广大的文化地理区域内，路标还是很清楚的，它们都指向爱丁堡（Edinburgh）。1819年，沃尔特·司各特爵士[1]在这里出版了他最具影响力的小说——《艾凡赫》[2]。

这本书里的各类人物、姿态和处境世代相传，一直延续到电影《泰坦尼克号》和成千上万类似的栖息之所中。司各特通过《艾凡赫》奠定了此后浪漫故事

---

[1] 沃尔特·司各特（1771—1832），英国著名诗人、小说家，生于苏格兰爱丁堡的一个没落贵族家庭。司各特对苏格兰的历史抱有浓厚的兴趣，他集当代小说的写作技巧于一身，将这些技巧和地方性语言、地域化设定、复杂的人物描写相结合，同时又以现实主义的手法来处理浪漫主义的主题，最终发展出了一种新的文学形式——历史小说。司各特对欧美小说家的影响极其深远，尽管现代人对他作品的兴趣已有所下降，但他的声誉依然如故。

[2] 《艾凡赫》出版于1819年，是沃尔特·司各特最知名的作品。小说主人公艾凡赫是撒克逊人，因违背父意与异族统治者交往，并参加了狮心王理查一世率领的十字军而被逐出家门。回国后他借助罗宾汉的帮助挫败了理查一世弟弟的政变图谋。由于撒克逊人和贵族统治者之间的矛盾日益尖锐，艾凡赫又辅佐理查缓解民族矛盾，最终成了一个忠肝义胆的英雄人物。

的形式。与此同时,他也开创了一种看待男子气概、英雄主义和社会的方式,其结果是他不但塑造了文化,也塑造了历史。当然,不能说所有的大众叙事都源自司各特;我们可以说的是,从他的作品一直到当下的那条线,展现了叙事在他的世纪和我们的世纪里发展起来的一种重要方式。

在20世纪的大部分时期里,西部牛仔枪手都是大众想象中的核心形象,而这一形象明显就是寓居于《艾凡赫》和司各特其他作品中的骑士的后裔。牛仔都遵循着司各特制定的一种行为准则,而到了20世纪中叶,即《艾凡赫》问世超过125年之后,大半个世界都明白了这种准则。我们还明白了将这种准则身体力行的人才是真正的绅士,尽管外表粗糙,但他们的心灵是纯净的。1946年,当我看到约翰·福特(John Ford)执导的一部优秀电影《侠骨柔情》(*My Darling Clementine*)时,14岁的我就已经知道了为什么枪手们,比如亨利·方达(Henry Fonda)扮演的怀亚特·厄普(Wyatt Earp)和维克多·迈彻(Victor Mature)扮演的多可·豪乐迪(Doc Holliday)对待女士都极为体贴,仿佛她们是在最轻微的压力下也会破碎的瓷娃

第五讲 怀旧、骑士精神与梦的循环

娃一样;我也知道了为什么这些枪手会把忠诚看得比世上所有其他的东西都更为重要。我明白了他们不会利用弱者,也不会不公正地对待自己的敌人。儿时接触的那些故事和电影让我对这片感人的土地了然于心,而这其中大部分的故事都受到了沃尔特·司各特爵士的影响。我心中早有准备,正如《侠骨柔情》告诉我的,那些高尚的枪战高手们站在善良的一边,而他们的敌人克雷顿一家(Clantons)则是他们将要在欧凯牧场的枪战中打败的对象,这些人极为邪恶且不可救药。这种程式,这种情感和道德框架,传递给了约翰·福特,传递给了我,也传递给了每一个热爱西部片这种司各特式传统的人。它甚至传递给了黑泽明,这位伟大的日本导演也承认自己通过研究约翰·福特而学到了很多关于英雄电影的知识。黑泽明的电影,如《七武士》(*The Seven Samurai*),就将这种(牛仔)准则的变体引入了日本,又与日本古老的传统相结合,使得武士电影及相关电视节目在日本变得和西部片在美国的地位一样至关重要。《七武士》后来又变回了美国风格,成了一部流行电影和电视剧,即《豪勇七蛟龙》(*The Magnificent Seven*)。

好莱坞还颂扬过另一个版本的中世纪骑士，也就是《马耳他之鹰》(*The Maltese Falcon*)里亨弗莱·鲍嘉(Humphrey Bogart)扮演的山姆·史培德(Sam Spade)或《再见吾爱》里罗伯特·米彻姆(Robert Mitchum)扮演的菲利普·马洛(Philip Marlowe)这类被热捧的私家侦探形象。私家侦探勇敢地走在美国的穷街陋巷之中，一切全靠自己，这很像司各特笔下的英雄，而他还常常以自己的一颗孤胆去制服腐败的当权者，这也很像司各特笔下的英雄；即便在最严峻的压力下，他也保持着对自己职业操守的信念，因为他知道，即便其他的一切都出了问题，他的道德水准也仍然比他所对付的那些人更高。在晚近的时代里，牛仔已基本从大众的想象中消失，首先是私家侦探填补了他们的位置，接着私家侦探又被《纽约重案组》(*NYPD Blue*)这类电视剧里有独立头脑的警探所取代了。表面上看，这个形象似乎不大像司各特的传统所衍生出的产物；20年前，我们可能还没法接受一个具备自由精神的游侠同时又是一名有公务员退休金的政府雇员。除此之外，还有些事情也让人大吃一惊：这位特别的骑士和一些地位跟他相当的女性并肩工作，而且她们很有可能像他拯救她们一样转而去拯救他，这就需要对两性关系进行一种创造性的梳理。女权主义为赋予女性新角色奠定了基础，而那些虚构的警探则在很大程度上归因于反体制、反权威话语的那一代人所带来的文化转变。我们现在所说的对体制的怀疑态度，让人们有可能想象那些英雄人物在充满政治影响的官僚机构内部为了真理和正义而战。那些与专横的当权者展开斗争的英雄们——就像在《艾凡赫》里一样——虽然也需要他们的忠诚，但这并不总是理所当然的。

中世纪骑士这一角色还有一个版本出现在太空小说里，其中最著名的形象也许是 1977 年哈里森·福特（Harrison Ford）在《星球大战》(*Star Wars*) 第一集中所扮演的走私船驾驶员汉·索罗（Han Solo）。正如我们在许多浪漫故事中，尤其是西部片中遇见的那些英雄一样，索罗一开始只是个略有几分愤世嫉俗的人，接着我们就会发现他的理想主义精神被一项崇高的事业激发了出来。《星球大战》还借用了莱娅公主（Princess Leia，卡丽·费雪 [Carrie Fisher] 饰）这一角色来保持它的原型风格，这是一名需要有德行的年轻男人来帮助她的少女。

这些故事的创作者们都借鉴了世界各地的叙事传统，但司各特给这些故事提供的框架比任何人都要多。如今他的书已经读者寥寥，大多数生活在他的荫庇下的人充其量也只能隐隐约约地意识到他的重要性，而很多人几乎都没听说过他。然而他一直矗立在叙事性大众文化的背后，他是这种文化的开创者和灵感来源，无论结果是好是坏。他的形象似乎并不符合这一角色。毕竟，随着他的声名逐渐消逝于历史之中，他已经变成了某种僵化的东西，某种已经锈蚀的陈规俗礼。他的骑士精神，他与苏格兰理想的关联，乃至他在爱丁堡的巨大纪念雕像，都制造出了一种浓重的官方氛围。那些如今还在研究他的作品，对其进行文本校正和仔细的注释，并将其重新出版的教授们也加深了这种印象。但事实是，沃尔特·司各特爵士就是他那个时代的斯蒂芬·斯皮尔伯格（Steven Spielberg），而且远不止于此。

他在全世界的影响力比莎士比亚以外的任何英国作家都要大。19世纪的通俗小说大师威尔基·柯林斯（Wilkie Collins）曾称司各特是"小说家们的君主、国王、皇帝、全能的神"。乔治·艾略特（George Eliot）说她不愿听到哪怕一句司各特的坏话，而现代评论家

第五讲 怀旧、骑士精神与梦的循环

沃尔特·艾伦（Walter Allen）则说司各特"开创了欧洲小说"。今天，我们仍然生活在一个被司各特的想象力所调制且散发着他的气味的世界里；正如他所表述的那样，浪漫主义时代在某种意义上从未终结。浪漫主义的各种叙事规则至今仍是我们的规则。即便我们扭曲它们，讥讽它们，即便我们要让它们适应女权主义的主题或其他现代目的，即便我们可以抱怨它们的俗套，最终我们似乎还要回到它们身边。

司各特与历史和时代有一种特殊的关系。作为一名作家，他一直回溯久远的中世纪；作为一个有影响力的人，他至少向前延伸到了我们的时代，而且可能还要更远。他被形容为最后一位吟游诗人，以及第一位畅销的吟游诗人，因为他的诗歌和趣味都反映出了古代边塞民谣的品质，他还曾把自己的一首诗称为《最后一位吟游诗人的叙事诗》（*The Lay of the Last Minstrel*）；他的畅销则因为他写出了第一批在国际上获得巨大知名度的小说，同时还开创出一些让很多其他作家的畅销书都不得不屈膝折服的传统。

随着18世纪后期浪漫主义运动的开展，司各特也迎来了自己的成熟期；他和贝多芬、华兹华斯

(Wordsworth)以及柯勒律治几乎是同一辈人。在他年轻时,一股提倡情感表达的浪潮正在欧洲兴起,这是对启蒙运动所倡导的理性主义的一次回击。司各特把浪漫主义运动的激情打包投向了市场——一个在他的作品问世之前几乎不存在的市场。

他创作的关于18世纪早期苏格兰的威弗利小说[1],当时在全世界都是全新的事物:历史小说。通过发明这种形式,司各特为大仲马(Dumas)的《三个火枪手》(*The Three Musketeers*)和维克多·雨果(Victor Hugo)的《悲惨世界》(*Les Misérables*)以及他们众多的追随者们开辟出了一条道路。这是一种精彩绝伦的新文学手法,一种富有想象力地打开时间长廊的手段;司各特赋予了读者一种此前的叙事所从未提供的东西,一种超脱于自己的时代所强加的狭隘地方主义的方式,并且至少让他们体会到了一点生活在另一个

---

[1] 威弗利(Waverley)小说是沃尔特·司各特所创作的小说的总称。司各特于1814年匿名发表了长篇小说《威弗利》,广受欢迎,于是此后他便用"威弗利作者"作为化名,连续发表了27部小说。直到1827年他才宣布自己是这些小说的作者。威弗利小说最早通过艺术手段来反映当时的历史现实和时代精神,使欧洲小说摆脱了描写家庭关系的风俗小说的狭窄范围,进入了反映社会和历史的广阔领域,为欧洲文学做出了重要贡献。

第五讲 怀旧、骑士精神与梦的循环

时代的感觉。他用自己的话语为我们提供了一种描绘政治与宏大历史运动的方式。他提出了一个在当时可谓激进（且至今仍有争议）的观念，即那些生活在很久以前的人，那些畏惧他们的君王和神父，穿着和我们不同的衣服、吃着和我们不同的食物，通常也不知今夕何夕的人——那些生活在遥远的前现代的欧洲人的感觉、想法和言语都和我们极为相似。这一观念开创了一种繁荣至今的文学风格。大约只过了40年，儒勒·凡尔纳（Jules Verne）决定把司各特的工序颠倒过来，他运用了很多同样的规则，创作了一些有关未来的故事，也就是我们现在所说的科幻小说。

司各特因创作威弗利小说而取得了巨大的成就，也确立了自己的不朽形象，其后他又撰写了《艾凡赫》，再一次通过文学传达出更为强烈的震撼。《艾凡赫》带他走出了苏格兰，南下英格兰，并且回到了更久远的历史时期——12世纪，即1194年夏的第三次十字军东征之时[1]。这本身已经反映出了那个浪漫主义时代

---

[1] 这是司各特第一次跨出苏格兰题材的范围，他的苏格兰小说虽可称为历史小说，但实际反映的年代都离他所生活的时期不远，有的甚至涉及他的童年。但在《艾凡赫》中，他把故事往前推了几百年，以中世纪中叶的英国作为创作背景。由此，司各特才真正成了名副其实的历史小说家。

的品位。就在几十年前,伏尔泰和其他的启蒙运动思想家都断定中世纪明显是历史上的一段悲惨时期,绝不应使其重演,也无疑不应受到赞美。作为回应,浪漫主义时代开始重塑对中世纪的想象,赋予其更朴素的美德和更强有力的情感。人们产生了这样一种想法,即那个时代的人还并不世故,也未受玷污,他们更加生机勃勃,也更加真诚可靠。如果启蒙运动将中世纪视作一场噩梦,那么浪漫主义者则认定那是一场灿烂的美梦。

《艾凡赫》就是创作于这样的情感基调之上,这也解释了它为何具有如此的感染力。这本书从那时起就不断被人模仿和戏仿,其情节也经常被人借鉴,以至于你今天再阅读这本书时,可能会觉得它几乎就是一部剽窃的作品。当然,它也包含了少许陌生的元素。它的开头是这样的:

> 在快活的英格兰有一个被唐河(River Don)所灌溉的宜人地区,那里自古就繁衍出了一片巨大的森林,覆盖着谢菲尔德(Sheffield)和惬意的唐卡斯特镇(Doncaster)

第五讲 怀旧、骑士精神与梦的循环

> 之间大部分的美丽山丘和峡谷……这里……活跃着……一群绿林豪侠,他们的事迹已成为英国歌谣中妇孺皆知的故事。

在该书的第一页,"快活的英格兰"这几个字展现出了一种态度,这种态度与文献事实完全无关,却帮助塑造了好几代人对英国历史的看法。该书的其余部分则再现了我们数以百万计的人在童年时曾经进入的那个世界。司各特把他的故事设定于狮心王理查(Richard the Lion-Heart)、篡夺他王位的弟弟约翰王子(Prince John)以及罗宾汉的时代——这些人全都是演员表中的背景成员。

威尔弗雷德(Wilfred),艾凡赫的骑士[1],撒克逊人塞德里克(Cedric)的儿子,他跟随十字军东征归来,想要和他的爱人,即受其父亲监护的罗文娜(Rowena)共结连理。然而他父亲却认为罗文娜应该嫁给拥有皇室血统的撒克逊人阿塞斯坦(Athelstane),以协助撒

---

[1] 英国人的姓名一般包括教名和姓两部分,姓的来源十分复杂,有一种即以地名或该人所属领地或庄园的名称为姓,此处的威尔弗雷德是教名,艾凡赫是庄园名称,因此书中称他为艾凡赫的威尔弗雷德,有时也直接称他为艾凡赫。

克逊人重登权力宝座。艾凡赫和一位美丽的犹太医师瑞贝卡（Rebecca）也产生了一段感情，她或许是书中最有趣的人物。司各特还带我们去看了一场比武，其特色是精心打造的盛况和血花飞溅的格斗。所有这一切都是在一个以骑士和骑士精神为主导的社会当中呈现的，而骑士的义务包括英勇、贞节、荣誉和忠诚。司各特在很大程度上依赖于中世纪在英法两国盛行的典雅爱情传统。也许典雅之爱与有血有肉的人的行为方式关系不大，但作为一种文学手段，它是历史上最伟大的发明之一。这是一种克制的文化，而这克制中又包含着湍急的激情之河，只是被掩埋在了礼貌优雅的举止之下。它严格的行为准则为由此而引发的叙事赋予了深刻的意涵。

围绕骑士的神秘感和职责来打造生动故事的想法并不是司各特的发明。早在他之前，有关骑士精神的故事就已经存在于英国文学中了，其中最著名的当属亚瑟王和卡米洛特[1]的传说。司各特从《坎特伯雷故事集》（*The Canterbury Tales*）到《堂吉诃德》（*Don Quixote*）等各类文学作品中也汲取了不少历史观点。

---

[1] 卡米洛特（Camelot），传说中亚瑟王（King Arthur）的王宫所在地。

第五讲 怀旧、骑士精神与梦的循环

但司各特是让骑士精神获得了新生的作家。彼时那些坐着火车、住着联排别墅的人也在谈论骑士精神——这都是拜司各特所赐。《艾凡赫》的成功激励他写出了一系列有关骑士精神的小说，很快，欧洲和大西洋彼岸的人们都开始兴奋地读起这些小说了。多年以来，已有五部故事片（第一部问世于1913年）和两部电视剧根据《艾凡赫》改编上映，但它对大众媒体的影响才刚刚开始。

《艾凡赫》中的典型人物是通过一条如今看似不大可能的路线闯入了现代大众文化的主流之中：美国南部的城市和种植园。大约在1825年到1860年间，即南北战争前夕，司各特的作品已在美国南部打下了坚实的基础。他在其他地方也大受欢迎，但还没有哪个地方的人像美国南方人那样喜爱他。有一名北方的书商曾说过一句很有名的话，他说他多年来都要用火车皮把司各特的骑士小说运到南方。司各特的中世纪浪漫故事让南方人看入了迷，他们在其中看到了自己的影子：一个谦和有礼的民族，话语温和而坚定，极富荣誉感，精力充沛且英勇无畏。美国南方人早就自诩与宏大的历史相连；现在司各特给了他们一个办法，让他们把这些模糊的感觉和社会野心与一个宏伟的、高尚的、明确的基督教故事联系到了一起。南方人开始前往阿博茨福德(Abbotsford)[1]朝圣,那是一栋司各特曾居住过的中世纪风格的房子,就像20世纪的日本人去爱德华王子岛参观露西·莫德·蒙格马利的家和其他与《绿山墙的安妮》有关的地方一样[2]。南方人在他们的写作、论辩甚或交谈中都会借用司各特的华丽文风。南方人会给他们的儿子取名沃尔特·司各特,给女儿取名罗文娜。奇怪的是,有了这样一段时间上的距离,司各特的作品在19世纪中叶的美国南方人心中的地位倒变得有些像维克多·雨果在法国人心中的地位了——一个他们认为最能代表他们自己的符号。

当然,南方人正在尽一切可能创造一种独特的生活方式,只为了在他们之中的很多人都心知肚明的一种巨大罪恶能够留存而辩护:奴隶制。他们喜欢把奴隶制称为"特殊制度"(the peculiar institution),这意

---

[1] 位于苏格兰爱丁堡。

[2] 露西·莫德·蒙格马利(Lucy Maud Montgomery,1874—1942),加拿大女作家,出生于加拿大东南角的爱德华王子岛(Prince Edward Island)。她在30岁时创作的《绿山墙的安妮》在出版后很快就成为畅销书,而其中的红发少女安妮这一人物更是在日本风靡一时。

第五讲 怀旧、骑士精神与梦的循环

味着奴隶制是他们所独有的,其他任何人都无法理解。司各特的作品并没有妨碍这种思维方式。在他所描绘的封建时代,贵族们会以尊敬的态度对待其他贵族及其女眷,但他们不一定会以同样的准则来对待城堡之外的农民。在美国南部,白主黑奴的共生状态才让人觉得舒服;毕竟《艾凡赫》里的国王和贵族们也保持着农奴制,通过那些人脖子上的金属箍带就能识别其身份。如此,南方人也就能将自身融入司各特所提供的叙事之中了。

1941 年,北卡罗来纳州的一名记者 W. J. 卡什(W. J. Cash)在他的精彩著作《南方的心灵》(*The Mind Of the South*)中写道:"沃尔特·司各特完全被南方人所垄断,且融入了南方人民对自身的想象之中。"司各特给南方人带来了一种社会理想,而他们则想通过建造廊柱宅邸以及玫瑰花园和决斗场来实践这一理想。最重要的是,他们从他的小说里获得了一种纯洁女性的理想。在司各特的影响下,南方男人把南方女人当成了他们民族的神秘象征。如卡什所说,在南北战争前夕,只要一提到南方女人"就能让强壮的男人们落泪或呼号。几乎没有一次布道不是以对女性荣誉的致敬来开始和结束的,也几乎没有一次慷慨激昂的演说不是以女性荣誉之名而撞击盾牌和挥舞刀剑来开始和结束的"。卡什暗示,在南北战争爆发时,南方邦联的士兵们纷纷投入战斗,因为他们有一种模糊的信念,即他们是为了她们,是为了南方的女人而战。卡什把他们的态度称为"彻头彻尾的女性崇拜"。

马克·吐温的说法可能略有一点夸张:"沃尔特爵士对南方人性格的形成有着巨大的影响,在战前即是如此,以至于他在很大程度上要为这场战争负责。"对那些读过司各特的南方人来说,即便是在一项一开始就已失败的事业中也是存有一些高尚情怀的;而对马克·吐温来说,南方人思想中的这一面就是一种"沃尔特爵士病"。在这场战争中,有关南方邦联一方的所有言论无不受到理想主义骑士精神的感染,无论这些说法有没有准确地描述士兵们实际的作战方式。直至此刻,似乎还有一条不成文的法规,即没有一个人在撰写有关南方邦联士兵的文章时能不使用"英勇"一词。这就是司各特的影响所产生的结果:他所提供的修辞被南方人当成了他们描绘自身的方式——而且达到了一个惊人的程度,它把控了人们对世界的想象,

第五讲 怀旧、骑士精神与梦的循环

让这样一个虚构性叙事的鲜明范例给我们提供了一个看待现实事件的框架。

南方邦联一败涂地,但司各特的精神永存。1888年,马克·吐温在《密西西比河上》(*Life on the Mississippi*)一书中曾谈到,虽然司各特的影响力在美国其他地方已逐渐式微或消失,但它特有的"空话、废话和浮夸的言辞"仍在南方蓬勃发展着。他说,19世纪80年代的南方作家仍然活在司各特的阴影之下——如他所说,他们的写作是"为了过去,而不是现在;他们使用的是过时的文体和一种死去的语言"。

即便如此,司各特的最终结局可能也就是埋葬于南方的纸浆墓地里了。在现代批评家们看来,其消亡已是命中注定。但20世纪初又出现了一种惊天动地的事物,一种新的叙事形式:电影制作技术。而这种机械技术将使沃尔特·司各特爵士的影响力一直延续到千禧年末乃至更久远的未来。

雅各布·沃克·格里菲斯上校(Jacob Wark Griffith)是众多为荣誉而战的南方浪漫主义者之一,他又名罗林·杰克(Roarin' Jake),是一名骑兵军官,且自称是威尔士诸王的后裔。他的参战既有私人的原因，也有文化上的原因：在战争开始的第一年，他在肯塔基州的老房子，一栋公馆式建筑，就被联邦军的游击队夷为了平地。罗林·杰克后来成了那种能创造传奇的军官。据说，当他的臀部被一枚北方军的炮弹炸伤以后，既不能走路也不能骑马，他就征用了一匹马和一辆马车，然后坐在马车上带着他的士兵们去参加战斗。

随着南北战争的终结，他又回到肯塔基州的家中，并且有了一个儿子——大卫·沃克·格里菲斯（D. W. Griffith），而这个孩子将成为电影界的首位天才。在整整30年的时间里，司各特所创造的男女主人公们获得了一位比司各特自己的想象中更为强大而有说服力的拥护者。

小格里菲斯成长于一种情感丰沛的氛围之中，这种氛围混合了中世纪的骑士精神和南方邦联人的英勇气概，而《艾凡赫》时代少女的纯洁与美国南方女子的圣洁也交相辉映。

他似乎是天生的电影人，尽管电影在他出生时还不存在。毫无疑问的是，他在自己职业生涯的早期就已经学会了电影叙事的大部分手法。他撰写了电影语

第五讲 怀旧、骑士精神与梦的循环

法。他教会了摄像师怎样进行淡入淡出处理,他想出了如何用特写镜头来打断长镜头,他会在工作中运用闪回和移动拍摄技巧,他还学会了如何让两条独立但相关的故事线同时发展,并且在其间来回切换。他展示了一名导演如何能引导观众的视角,或在这里选一个面部表情,或在那里挑一个行动的小角落。在他的引领下,电影发展成了小说而非戏剧的延伸。剧场会把几个角色同时摆放在我们面前,他们分散于舞台之上,我们可以自行选择看向何处。电影则采用了小说家的方法:它展现的是一个单一视角,并且会仔细地挑选出想让观众看到的东西。仅凭这种简单的花招,电影就获得了一种剧场所无从知晓的催眠力量。

这些并不都是格里菲斯的发明,即便他的拥趸们有时也这么说。埃德温·S. 鲍特(Edwin S. Porter)在1903年的《火车大劫案》(*The Great Train Robbery*)中就使用过这样一些技巧,那是格里菲斯进入电影业五年之前了。但的确是格里菲斯为了更好地讲故事而把它们汇集到了一起。

他给世界带来的贡献,就是用一台新发明的机器对叙事进行再创造,是运用光影形式在柔和的黑暗中呈现的一种梦幻般的叙事。对观众来说，这是一种更容易接受的形式。我们不必像在书本里索取故事一样在电影院里索取故事，故事自己就呈现在了我们眼前，而其中的视角已经由导演和剪辑选定了。这极大地扩张了故事的观众群。

在格里菲斯的作品中，对女性纯洁的捍卫成了一个重要主题。他早期通过来自多伦多的格拉迪斯·史密斯（Gladys Smith）来实现这一主题，后者以玛丽·皮克福德的身份成了全世界首位电影明星。格里菲斯与丽莲·吉许（Lillian Gish）和多萝西·吉许（Dorothy Gish）一起进一步发展了这一主题，而几年之后，世界上已经有很多人学会了把女人们看成美国南方佳丽那样脆弱而又需要保护的形象。这一形象获得了如此巨大的力量，使其至今仍存在于私人生活和公共生活之中。田纳西·威廉斯（Tennessee Williams）让这一形象在《欲望号街车》（*A Streetcar Named Desire*）里发挥出了极好的效果，对影片中的布兰奇·杜波依斯（Blanche Dubois）这名可怜而半疯的南方丽人来说，那种体面优雅的世界在她周遭早已不复存在了。

大卫·沃克·格里菲斯身上还有一整套从肯塔基

第五讲 怀旧、骑士精神与梦的循环

州和罗林·杰克·格里菲斯的家中带来的更为阴暗而又强大的念头：反黑人的种族主义。当他着手打造自己的名作[1]，即那部使他跻身新时代伟大艺术家的长达三个小时且伴有中场休息的影片时，对他而言，将该片建立在一本体现了他父亲的人生观以及他自身背景的小说上似乎再自然不过了，这本小说即托马斯·L. 狄克森（Thomas L. Dixon）在 1905 年出版的《同族人：一段三 K 党的历史传奇》(*The Clansman:An Historical Romance of the Ku Klux Klan*)。

作为一个南卡罗来纳州人，狄克森正是马克·吐温在谈到空洞而夸张的浪漫故事时所想到的那种作家。毫无疑问，狄克森绝不会否认司各特的影响，其书名就着重强调了书中一个主要角色与苏格兰之间的关联——这一角色名叫本·卡梅伦（Ben Cameron），是卡梅伦家的一个儿子[2]。他也属于三 K 党，其成员要通过焚烧十字架来宣示自己的身份，这在狄克森的书和格里菲斯的电影中被形容为"老苏格兰山丘上的烈火十字架"，而学者们则将焚烧十字架的行为追溯到

---

1 即《一个国家的诞生》(*The Birth of a Nation*)。
2 卡梅伦（Cameron），苏格兰传统姓氏。

了司各特的另一部小说《蒙特罗斯传奇》(*The Legend of Montrose*)。

因此当大卫·沃克·格里菲斯在 1915 年推出他的名作《一个国家的诞生》时,作为三 K 党核心的那种傲慢而愤恨的种族主义就成了这部影片沉重的负担。也正因如此,很多批评家对其态度极为苛刻,而今天,但凡有关这部影片的严肃讨论无不弥漫着一种愧疚的氛围。

沃尔特·司各特爵士在写作他的历史小说时,也曾被各种内部分裂的社会所吸引——在他的早期小说中体现为苏格兰民族主义者和亲英格兰的同化者之间的对抗,然后就是《艾凡赫》中的诺曼人和撒克逊人。这也是当初美国南方人欣赏他的原因之一。后来的老西部片也遵循司各特的范式,一次又一次地再现殖民者与牧牛人之间的暴力斗争——而历史上最有影响力的电影《乱世佳人》(*Gone with the Wind*)无疑也是围绕着南北之间的冲突展开的。

《一个国家的诞生》这一司各特式叙事和司各特本人远隔了一片大洋和一个世纪,但无论如何,它都被公认是司各特式的。而且它本身也是两种不相容的

第五讲 怀旧、骑士精神与梦的循环

叙事间的碰撞。一种是格里菲斯自小就耳濡目染的那种故事，英勇的白人男子挺身捍卫自己，而他们的女人则凭着纯洁对抗前黑奴们的威胁。另一种则是在美国逐渐成文的国家叙事，在这一叙事中，美国南方人承认了自身偏见的破产，也接受了其军事上的失败，美国将不再是一个内部民族分裂的国家，而是作为同一个民族向前迈进。《一个国家的诞生》注定是一处永远充满了激烈争论的遗址。对于这部伟大的美国电影艺术作品，最恰当的说法或许应该是它从一开始就与种族和巨大的美国悲剧缠绕在了一起。

通过巧妙的演化，叙事得以在这样一些复杂的发展中存活下来。但叙事在人类想象中的核心地位始终面临着挑战，甚至连叙事最宝贵的优势也是如此。若干个世代以来，叙事的伟大成就在于拟真，在于写实主义的幻象，这在大多数人的心目中仍然是其特有的品质。当我们称赞一部非虚构作品时，我们常常会说它"读起来像一部小说"，我们的意思是它读起来像查尔斯·狄更斯的《大卫·科波菲尔》(*David Copperfield*)，而不是詹姆斯·乔伊斯的《尤利西斯》或托马斯·品钦(Thomas Pynchon)的《万有引力之虹》

(*Gravity's Rainbow*)[1]。我们的意思是读者将被逼真的故事叙述洪流所裹挟,深陷其中,而且就像我们说的那样,他们将会"迷失自我"。

然而正是这种品质不时地受到攻击。德国剧作家贝尔托·布莱希特(Bertolt Brecht)也许是这一品质最能言善辩的敌人。他想知道的是,为什么我们要鼓励观众们迷失自我?为什么要让他们进入一种恍惚的状态?这难道不就是想让他们准备好被操纵和利用吗?他想让剧场里的各种设备都能被观众看到:在他的理想剧场中,巫师和他控制的操纵杆不会被隐藏起来,而是始终都能被奥兹国[2]的居民们看到。

布莱希特开始有意地摧毁剧场中虚构叙事的力量,并为此发展出了他所谓间离效应(alienation effect)——这意味着拒绝拟真,强调演员正在表演这一事实,同时鼓励观众思考摆在他们面前的素材,而不是被其所迷惑。但在实践中,布莱希特的理论被瓦解了。如果观众被要求思考,那似乎永远是同一类思考方式,即从布莱希特的马克思主义寓言袋里掏出来

---

1 乔伊斯和品钦都属于意识流风格的小说家,以晦涩知名。
2 奥兹国(Oz),即《绿野仙踪》(*Wizard of Oz*)里的矮人国。

第五讲 怀旧、骑士精神与梦的循环

的那一类；布莱希特的作品无论何时在舞台上产生了效果，其效果都是通过诉诸观众情感的老式技巧来实现的。然而，在布莱希特于1957年去世后的很长一段时间，他的各种理论都给戏剧和其他艺术形式蒙上了一层阴影。

让-吕克·戈达尔（Jean-Luc Godard）就是被这些理论所影响的艺术家之一，他也是20世纪60年代最有影响力的电影创作者。戈达尔称自己是传统小说和电影叙事的敌人。他说每个故事都应该有一个开头、一个中间部分，还有一个结尾，但不一定非得照这样排序；他专注于分割自己的故事，并且在当中插入一些标题，以此把观众的注意力从人物转移到他自己的意图上来。有一阵子，他的作品看起来是一场革命；但由于他的电影变得越来越晦涩，其影响力也开始逐渐消退，最后只剩下一些能让其他导演用来服务于相对传统叙事的技术手段。

虚构叙事还在纪录片传统中遭遇了另一类敌人，其中尤以约翰·格里尔逊（John Grierson）这名信奉"加尔文主义"的知识分子为代表,他发明了"纪录片"一词，后来又受英国政府委托制作了不少纪录片。他还被麦肯齐·金政府请到了加拿大,并成为该国国家电影委员会的创会理事,从1939年到"二战"结束,他一直执掌该委员会。格里尔逊有一腔社会主义者的热忱,也有一种清教教士为自己坚守的信念而战斗的冷酷决心。他说:"艺术不是一面镜子,而是一柄锤子。它是我们手中的一种武器。"

他认为虚构是"对卑微者的诱惑"。他鄙视好莱坞的幻想作品。他要是成功了,一定会变成他的同乡沃尔特·司各特爵士的一剂解药。格里尔逊确实在全世界获得了不少追随者,但他所欣赏的那类纪录片从未在影院或电视的播放时间中占据过一个稍微显著点的零头。他对加拿大电影工业的影响最大,在他离开后的很多年里,加拿大电影业都一直被纪录片的理想所支配,甚至如今还在事实与虚构间变幻莫测的地带挣扎着寻找自身的立足点。如果加拿大电影的巨大失败在于他们的剧本(就像我时常想的那样),那这可能是一种历史遗产,或一种几代人都致力于实现格里尔逊对电影的期望所造成的后果,而这种期望只会像锤子一样发挥作用。

20世纪后期,在日益扩张的影视世界中,叙事面临着更为严重的危险。首先，是一种将人物和情节都掩埋在无休止的喧闹和更为暴力的特效中的趋势，比如《虎胆龙威》（*Die Hard*）系列和《独立日》（*Independence Day*）等影片；这种趋势似乎还会继续，甚至扩大，直到观众感到厌倦。其次，从1975年开始，也就是水门事件曝光后不久，被妄想狂所主导的故事出现了奇怪的骤增，在《秃鹰72小时》（*Three Days of the Condor*）中，罗伯特·雷德福（Robert Redford）扮演了一名中情局的情报人员，他发现自己在政府里的上级想要杀死自己。这种趋势产生了几部有趣的电影，而且在一段时间里，这似乎不过是公共娱乐领域的一段小插曲。但如今，美国政府在那么多美国电影中都变成了敌人，以至于观众都能预料到任何一个特定故事中的反派都是华盛顿的代表。同样的趋势转移到电视上，就产生了《X档案》（*The X-Files*），一个可以被归类为"妄想狂的超自然现象"的电视剧。在这个系列剧集中出现的所有外星生物都有一个共同点：它们的同谋都隐藏在美国的政府机构里。

当叙事实践者们寻找新的方法来更新他们的故事并紧跟时代精神的时候，他们追随了前几代的先锋艺术家,开始颠覆叙事本身。由此就诞生了"恶搞"[1],或曰讽刺电影,它在视觉上貌似真实,却不断地向观众示意:咱们可别把屏幕上的任何东西当真了。包括法国导演弗朗索瓦·特吕弗(François Truffaut)在内的权威人士都郑重地宣称"恶搞"为电影开启了一个堕落时代。他写道:

> 标志着堕落时代开始的电影……是第一代的詹姆斯·邦德——《诺博士》(*Dr. No*, 1962)。在那之前,电影的作用大体上就是讲一个故事,然后指望观众能够相信它……戏仿只是少数,或是某种附庸风雅的诉求,但随着邦德电影的出现,它成了一种流行体裁。在世界范围内,大批的观众可以说第一次暴露在了电影艺术的退化之中,这是一种既不涉及生活也不涉及任何浪漫故事传统的电影类型,它只跟电影本身能扯上关系,而且还总是以嘲讽它们的方式……

---

[1] 恶搞(spoof),是指有意加入某部作品的经典成分,包括台词、桥段甚至服装等元素,引起与原作不一样的搞笑效果。

第五讲 怀旧、骑士精神与梦的循环

没有人会对邦德电影中的滑稽动作和机械装置信以为真，甚至让我们像相信其他间谍惊悚片那样相信它也是办不到的。制片人就不想让我们放下疑心，他们想让我们嘲笑他们的作品，并认为这是一种戏仿。邦德电影用喜剧颠覆了情节剧[1]——不是希区柯克的《西北偏北》(*North by Northwest*)中那种优雅的高级喜剧，而是一种傻笑的戏仿。这很快就成了一种惯例，从邦德电影到其他间谍故事，再到所有类型的电影；最终，它成了电影和电视的一种持久特质。这些故事的本质是导演和观众们分享的一个笑话，它以反讽的名义为自己辩护。但这是个什么笑话？讽刺的对象又是什么？也许是一些早期电影里过于严肃的风格，也许是情节剧的整体理念。而有时，讽刺作品针对的似乎就是我们正在看的那些电影。

邦德电影经常被人模仿，但它对观众的吸引力经久不衰。在 20 世纪 90 年代后期，激怒了特吕弗的那种堕落形式又进入了一个新阶段——对戏仿的戏仿。

---

[1] 情节剧（melodrama）是一种戏剧体裁，其人物刻画刻板，充满了老套的情节和夸张的冲突，旨在唤起观众的情感共鸣。

迈克·梅尔斯（Mike Myers）的两部电影《王牌大贱谍》（*Austin Powers*）和《凸务之王》（*The Spy Who Shagged Me*）证明了想讽刺一种当初曾是讽刺风格的作品是有可能的。不管滑稽与否，早期的邦德影片在30多年后已凝结成了一堆符号化的意象——隔了这么长一段时间，它们如今看起来就像一座座纪念碑，年轻的喜剧演员可以着手对它们丑化一番了。

但是好几代人以来，还有一种比这些都强大得多的力量，它改变了大众文化叙事的性质，并在20世纪末确立了一种最有力的故事风格。如果回顾一下1915年的《一个国家的诞生》，我们会注意到它包含了许多未来的种子、技术和花招，这些都是后来的电影和相关专业的基础，但我们可能没有注意到它最惊人的地方，那就是它并不包含电影明星。那些让《一个国家的诞生》在1915年一炮而红的购票者们也许能认出银幕上的面孔，但那些演员并不是明星。格里菲斯、电影主题，以及电影本身的壮观场面——这些才是卖点。与此同时，玛丽·皮克福德和查理·卓别林等人也已经赢得了独树一帜的声名。结果证明，未来的大众叙事电影将是他们主宰的故事——明星的故事，而不是

第五讲 怀旧、骑士精神与梦的循环

像格里菲斯这种导演的故事。在20世纪的剩余时间里，明星们将成为电影和电视屏幕上叙事传统的载体。批评家们可能会争辩是导演创造了电影，所有人都会认同只有好作者才能塑造出好故事。但摄像机和放映机在提升了明星们的情感表现力的同时，也逐渐降低了导演和作者们的地位。

电影明星作为一种新生事物在地球上出现了，这一新生事物有一整面墙那么大的脸孔，以及一套比任何书籍、绘画或舞台现场演员都更生动地铭刻于我们记忆之中的表情。一种新的亲密形式，或者说是一种亲密的假象在世界上出现了。我们这么近地看着明星的双眼，以至于在他们的目光中能读到所有的故事。事实上，他们的眼睛似乎离我们的眼睛只有一英寸左右。在视觉上，除了他们的恋人、配偶、父母和孩子，我们比其他任何人都更接近他们。电影明星（以及后来的电视明星）将这种亲密感变成了他们叙事力量的基础——即便他们仍在沃尔特·司各特爵士的浪漫故事所统摄的同一片土地上耕耘，他们的工作方式也是全新的，而且效率更高。

很早以前，明星和演员之间的巨大差异就已经很明确了。演员们一旦完成了表演就可以摆脱那些老角色。明星们则是通过各种角色的积累成长起来的，他们每开拍一部新片时，身上都承载着早期角色的残余。演员的表演在电影完成后就像春雨一样流走了；明星的表演却会像沙砾一样淤积，这种表演逐渐形成了一种个性化的叙事。葛丽泰·嘉宝的崇拜者们都知道，她会原封不动地带着她那超然的美貌和严肃的审判性的蹙眉去出演一个又一个角色，就好像它们是她想要展示给我们的珍宝一样。最终，在恩斯特·刘别谦（Ernst Lubitsch）执导的《妮诺奇嘉》（*Ninotchka*）中，她扮演了一个在巴黎学会了笑和爱的严厉的苏联政委，影片的核心笑点不仅取决于嘉宝所扮演的角色，还取决于她的个人历史。导演非但不想让观众忘记嘉宝的早期角色，反而巧妙地突出了她以前的银幕形象，以此来加强喜剧效果。在早期电影中，明星的形象有时会与剧本的要求混为一谈，但《妮诺奇嘉》第一次彻底地明确了这一关系。明星身份成了这部电影的潜在主题。

在电影和电视中，明星持久的情感力量模糊了叙事和表演者之间的界限，以至于在人们的记忆里，约翰·韦恩（John Wayne）好像从青年到老年一直在用他的方式演绎同样的西部片情节，而詹姆斯·斯图尔特（James Stewart）则好像从一个面对严峻挑战的年轻的理想主义者变成了一个面对严峻挑战的苍老的理想主义者。在这个过程中，角色学到的东西似乎很少，但是明星对这个角色的把握越来越牢固。玛丽莲·梦露对性感女神的精彩的喜剧化表演之所以经久不衰，并不是因为那些把角色选派给她的导演，或是那些专门为她写的剧本，而是因为她发展出来的银幕形象。我们不可能毫不费力地记住她所扮演的任何一个角色的细节；我们能记住的就是玛丽莲·梦露，她的个性已经变成了故事本身，明星的形象压倒了曾塑造出他们的电影。

如果知道的不多，那我们可以想象一下，每一个开启了演艺生涯的未来的电影明星，都会为自己撰写一篇必须顺应未来所有剧本的宏大叙事。例如，杰克·尼科尔森（Jack Nicholson）就会勾勒出这样一个故事，一个机灵、风趣、倨傲，有时还会动怒的人，他在一个精心组织的社会里没法安逸地生活，因此阴差阳错地以失败者告终，但他仍然赢得了人们的敬意，哪怕只是因为他的精神。尼科尔森在《逍遥骑士》(*Easy Rider*)中就展现了这样一个银幕形象，然后他不断演绎这一形象的不同版本，直到《五支歌》(*Five Easy Pieces*)、《飞越疯人院》(*One Flew Over the Cuckoo's Nest*)和《唐人街》(*Chinatown*)以及其他几部电影确立了他作为明星的地位——或者说，这个演员的风格是如此浓重而有力，以至能凌驾于故事和其他演员之上，并且长久地留存在我们的记忆之中。同样的，克林特·伊斯特伍德（Clint Eastwood）在40多年的时间里，在一部接一部的电影中，从西部片到侦探故事，再到政治情节剧，从1964年的《荒野大镖客》(*A Fistful of Dollars*)里年轻而自信的枪手，到1993年[1]的《不可饶恕》(*Unforgiven*)中老迈但仍然英勇的枪手，他都在扮演同一类强悍的角色。有时，他的电影似乎更多地聚焦于表演者伊斯特伍德的个人发展，而不是他所参演的故事。类似的事情在电视上也会发生，但力道可能更为强劲，因为由合适的演员所扮演的合适的角色会在好多年里一再出现。在20世纪90年代的大部分时间里，我们当中大概有一千万人看过《情

---

[1] 作者记忆有误，该片实际上映于1992年。

理法的春天》(*Homicide: Life on the Streets*),其中由安德鲁·布劳尔(Andre Braugher)扮演弗兰克·彭布尔顿警探(Frank Pembleton),有很多人说他是电视上最耀眼的明星。在很长一段时间里,彭布尔顿比同时代的小说或戏剧中的任何角色都更为知名。在所有看过这个角色的人里,几乎没有人知道或关心是谁写了他所说的那些台词和他出演的故事。

20世纪有很多像欧内斯特·海明威和丹妮尔·斯蒂尔(Danielle Steele)这样广受欢迎的小说家,但沃尔特·司各特爵士、维克多·雨果或查尔斯·狄更斯的继任者付之阙如。泰坦巨人式的小说家已经退位,躲到幕后去了。小说仍有很大的发展空间,我们之中还有数以百万计的人想读小说,但叙事的重心早已转移到电影和电视上去了——在那里,明星们夺取了高地,占领了曾经被作家们所掌控的广阔的想象力版图。

这是一个大众讲故事的世纪。我们生活在一股由故事组成的尼亚加拉河的洪流之中:印刷、电视、电影、广播和互联网给我们带来的故事远远超过了我们祖先的想象,而我们可以接触到的故事数量似乎每年都有所增长。这种现象,这种工业化叙事的兴起——为大规模复制和发行而设计的故事叙述——已经成为20世纪最引人注目的文化事实，也是叙事史上最深远的发展成果。在这种氛围中，明星们自身也变成了浪漫故事的男女主角，他们按照自己的准则，在我们面前扮演着自己生活中的角色，有时经历痛苦，更多的时候则是得意扬扬。他们是一些被镜头改造成了超凡人物的普通人，承载着珍贵的叙事火焰的未来，也是作为现代故事叙述的开端被沃尔特·司各特爵士写入书中的那些角色在我们这个时代的对等物。

叙事，这个宏大的主题，总是会引起一些让人心烦的问题，而当讲故事成为生活中一个日益普遍的方面时，那些问题很可能会变得更加让人心烦。这些问题非常个人化，但也可能同时具有相当广泛的关联性，它关系到我自己与故事叙述的关系，也关系到我消费和创作故事的根本需要。这些问题可以用一些最简单的措辞来表达：讲故事的冲动到底是我心理健康的一个标志，还是一种根深蒂固的焦虑的证明？我跟他人沟通的过程是否在利用故事推广自己，并以此去理解那些原本可能会对我封闭的文化？或者我主要是把它们当作一种安慰和消遣？有没有什么办法来区分这两

第五讲 怀旧、骑士精神与梦的循环

种功能呢？

我们日常生活中高密度的故事讲述还引出了一个更广泛的问题：大众文化和大众休闲给了我们所有人一个机会，让我们比起自己的祖先能花费更多的时间去汲取故事，这对我们是有利的吗？它是让我们变得更加强大了，还是让我们充满了漫无目的的幻想，以至于使我们在情感和智力上都受到了限制？在这种语境中，讲故事成了人类发展和民主历史中的一个问题。把世界视作故事的习惯是否能让我们更好地理解自己？它让我们变成了更好的公民还是更坏的公民？我的经验表明，它让我们变得更好了：叙事给了我们一种体谅他人的方式。但它也有负面作用。叙事可以让我们自鸣得意，让我们相信自己了解的比实际了解的更多。它有办法操控我们的意识。我们不得不考虑这样一种可能，即它会误导我们，就像前半个世纪里的南方白人被《艾凡赫》和类似的书所误导一样；我们绝不能停止以批判的眼光来看待叙事。

当我试图在这一浩瀚的主题中找到自己的位置时，我看到自己的整个人生都被裹进了故事之中——或者说，我作为儿子、兄弟、丈夫、父亲、读者、作者、编辑、朋友的各种人生里：讲故事的人都在其中扮演了一个重要的角色。当我想到自己和母亲的关系时，我首先记起的是她给我讲故事的习惯，这个习惯从我还不能阅读的儿时开始，直到她老得不能讲话时才结束。我对《威尼斯商人》(*The Merchant of Venice*)的第一印象就是她对这本书的解读，她把它和一篇关于反犹主义的论述结合到了一起。现在它跨越了60年，又回到了我的脑海中。威尼斯的城市、法官、犹太人、一个打扮成男人的女人，以及仁慈的品格——这一系列画面和观念似乎同时出现于我儿时的想象中，让我感到好奇，之后我就开始整理，一次又一次地重新整理。我对母亲的深刻记忆还包括我给她讲过的故事——关于我的朋友、我读过的书，还有我看过的电影。她喜欢故事这种能够囊括各种世界的方式，她教会了我要像热爱主题一样热爱细节。在青春期的早期，我通过模仿和有意识的角色转换，变成了一个讲故事的人。我们的爱在叙事所构成的对话中来回流淌。如果我和母亲的情况是如此的话，那么在所有其他有意义的关系中，包括我作为记者所度过的那半个世纪和公众的关系中，这种情况虽不那么明显，却也意味深长。

  我们能说叙事的胜利是我们这个时代的一件幸事吗，还是一件需要担忧的事？我很怀疑我们能毫不含糊地给出确定的回答。但我们可以说，叙事在这个世纪面对了所有可能的挑战之后，仍然是我们生活的中心、我们的伴侣，永远让人费解，也永远不可替代。

参考书目

第一讲 流言、文学和自我的虚构

Blatchford, Christie. "Rather Than Explain Her Life, She Rewrote It." *National Post,* 13 March 1999.

Griffin, Richard. "Johnson Admits 'I lied' about Vietnam Tour." *Toronto Star,* 24 Nov. 1998.

Kazin, Alfred. *A Lifetime Burning in Every Moment: From the Journals of Alfred Kazin.* New York: HarperCollins, 1996.

Linde, Charlotte. *Life Stories: The Creation of Coherence.* New York: Oxford UP, 1993.

Reynolds, Quentin. *The Man Who Wouldn't Talk.* New York: Random House, 1953.

Unwin, Peter. "The Fabulations of Grey Owl." *The Beaver,* April/May 1999.

Wilson, Edmund. "The Holmes-Laski Correspondence." *Eight Essays.* Garden City, NY: Doubleday Anchor, 1954.

第二讲 宏大叙事与历史范式

Coren, Michael. *The Invisible Man: The Life and Liberties of H. G. Wells.* Toronto: Random House, 1993.

Danto, Arthur C. *Narration and Knowledge.* New York: Columbia UP, 1985.

Frye, Northrop. "Spengler Revisited." *Spiritus Mundi: Essays on Literature, Myth, and Society.* Bloomington & London: Indiana UP, 1976.

McNeill, William H. *Arnold J. Toynbee: A Life.* New York: Oxford UP, 1989.

O'Donnell, James J. *Avatars of the Word: From Papyrus to Cyberspace.* Cambridge: Harvard UP, 1998.

Parkman, Francis. *France and England in North America.* 2 vols. New York: Library of America, 1983.

Porter, Roy. *Edward Gibbon: Making History.* London: Weidenfeld and Nicolson, 1988.

Young, G. M., ed. *Macaulay: Prose and Poetry.* Cambridge: Harvard UP, 1970.

第三讲 街头文学与新闻塑形

Bates, Stephen. *If No News Send Rumors: Anecdotes of American Journalism.* New York: Henry Holt, 1989.

Brunvand, Jan Harold. *The Vanishing Hitchhiker: American Urban Legends and Their Meaning.* New York: W. W. Norton, 1981.

Burrill, William. *Hemingway: The Toronto Years.* Toronto: Doubleday, 1994.

Crick, Bernard. *George Orwell: A Life.* Boston: Little, Brown, 1980.

Elson, Robert T. *Time Inc.: The Intimate History of a Publishing Enterprise, 1923-1941*. New York: Atheneum, 1968.

Friedrich, Otto. "There Are 00 Trees in Russia." *The Grave of Alice B. Toklas and Other Reports from the Past*. New York: Henry Holt, 1989.

White, William, ed. *Dateline Toronto: The Complete Toronto Star Dispatches, 1920-1924*, by Ernest Hemingway. New York: Scribner's, 1985.

Wolfe, Tom, and E. W. Johnson. *The New Journalism*. New York: Harper & Row, 1973.

第四讲 破裂的现代性之镜

Boyd, Brian. *Vladimir Nabokov: The American Years*. Princeton, NJ: Princeton UP, 1991.

Cassell, Richard A., ed. *Critical Essays on Ford Madox Ford*. Boston: G. K. Hall, 1987.

Ellis, John M. *Literature Lost: Social Agendas and the Corruption of the Humanities*. New Haven: Yale UP, 1997.

McFate, Patricia, and Bruce Golden. "The Good Soldier: A Tragedy of Self Deception." *Modern Fiction Studies* (Spring 1963).

Seldes, Gilbert, ed. *The Portable Ring Lardner*. New York: Viking, 1946.

第五讲 怀旧、骑士精神与梦的循环

Cash, W. J. *The Mind of the South*. New York: Knopf, 1941.

Chandler, James. "The Historical Novel Goes to Hollywood: Scott, Griffith, and Film Epic Today." *The Birth of a Nation*. New

Brunswick, NJ: Rutgers UP,1994.

Dixon, Thomas. *The Clansman: A Historical Romance of the Ku Klux Klan.* New York: Doubleday, Page, 1905.

Millgate, Jane. *Walter Scott: The Making of the Novelist.* Toronto: University of Toronto Press, 1984.

Osterweis, Rollin G. *Romanticism and Nationalism in the Old South.* New Haven: Yale UP, 1949.

Schickel, Richard. *Intimate Strangers: The Culture of Celebrity.* New York: Fromm International, 1985.

Wagenknecht, Edward. *Sir Walter Scott.* New York: Continuum, 1990.

作者简介

罗伯特·弗尔福德（Robert Fulford, 1932— ），被誉为加拿大"第一流的文化记者"。曾在《环球邮报》担任初级体育新闻记者，在《星期六之夜》杂志社担任了十九年的编辑，目前为《环球邮报》和《多伦多生活》杂志撰写每周专栏。他曾被五所大学授予荣誉学位，是安大略艺术与设计学院（Ontario College of Art and Design）荣誉研究员、梅西学院研究员以及加拿大总督功勋奖（Order of Canada）获得者。

译者简介

李磊，青年译者，译作有《对民主之恨》等。

现代人小丛书

《培养想象》
— 诺思罗普·弗莱 _ 著

《画地为牢》
— 多丽丝·莱辛 _ 著

《技术的真相》
— 厄休拉·M. 富兰克林 _ 著

《无意识的文明》
— 约翰·拉尔斯顿·索尔 _ 著

《现代性的隐忧:需要被挽救的本真理想》
— 查尔斯·泰勒 _ 著

《偿还:债务和财富的阴暗面》
— 玛格丽特·阿特伍德 _ 著

《叙事的胜利:在大众文化时代讲故事》
— 罗伯特·弗尔福德 _ 著

《必要的幻觉:民主社会中的思想控制》
— 诺姆·乔姆斯基 _ 著

《作为意识形态的生物学:关于 DNA 的学说》
— R. C. 列万廷 _ 著

《历史的回归:21 世纪的冲突、迁徙和地缘政治》
— 珍妮弗·韦尔什 _ 著

《效率崇拜》
— 贾尼丝·格罗斯·斯坦 _ 著

《设计自由》
— 斯塔福德·比尔 _ 著

《权利革命》
— 叶礼庭 _ 著